EL FÉNIX: LA GUERRA POR ÉGOREO

V.G GONZÁLEZ

Título: El Fénix: La guerra por Égoreo
Autoras: Valeria González Bermúdez y Gloria I. González Agosto
Primera edición 2019
Segunda edición 2020
Diseño de portada: Oliviaprodesing
Diagramación: V.G. González por Vellum
Este libro es una obra de ficción. Nombres, personajes, lugares y hechos son producto de la imaginación de las autoras o usados de manera ficticia. Cualquier parecido con personas vivas o muertas, lugares o hechos es una mera coincidencia. "El Fénix: La Guerra por Égoreo", no reclama ningún derecho sobre cualquier marca comercial registrada ni el nombre de Batman y Robin. V. G. González reconoce derechos de DC Comics sobre dichos personajes.
ISBN 9781081154431

Creado con Vellum

ACERCA DEL AUTOR

Gloria I. González Agosto

Nació en Bayamón, Puerto Rico en el 1978. Tecnóloga Médica de profesión a quien siempre le ha encantado crear cuentos, música y poesías. "El escudero del rey" fue su primera novela publicada. Cuenta con dos libros adicionales en wattpad: "Amanecer sobre el horizonte" y "Mi esencia", un libro de poesías. Actualmente sigue ejerciendo su profesión en uno de los principales hospitales de su país, mientras continua creando historias en alas de la imaginación.

Valeria A. González Bermúdez

Nació en Bayamón, Puerto Rico en el 1985. Esposa y madre de dos pre-adolecentes. Amante de la lectura, la música, cocina y de los animales. Una mujer muy dinámica y cuenta con dos carreras en adición al de madre a tiempo completo. Le encanta remontarse en alas de la imaginación y crear historias fantásticas, siendo ésta saga su primer trabajo publicado. Actualmente se dedica al cuido de sus abuelos y a crear fantasía para el disfrute de toda mente jóven y corazón amante de la aventura.

Gracias al Creador todo poderoso por permitirnos un día encontrar en nuestro camino seres excepcionales que cambiaron por completo nuestra existencia. Por esas personas que han formado parte de ella y con ellas hemos aprendido, soñado, llorado, discutido y amado.
Gracias, porque por esas experiencias somos quien somos hoy. Gracias a la familia por siempre impulsarnos a realizar nuestros sueños. Les amamos.

"Por esas batallas y aventuras que creamos en nuestras mentes. Sin importar cuan mal están las situaciones siempre hay un mañana y no un ayer delante de ti".

V.G GONZÁLEZ

EL
FÉNIX
LA GUERRA
POR EGOREO

"Cuando todo se haya consumido por el fuego, de las cenizas renacerá la esperanza".

*H*ace ciento doce generaciones que no nacía una mujer con la marca del Fénix. La profecía casi olvidada decía que cuando el Caos y la oscuridad reinaran y amenazara la existencia de Égoreo; el Fénix se levantaría como la aurora de la mañana y su fuego disiparía las tinieblas trayendo de vuelta la paz.

Caleb mismo no recordaba esa antigua profecía. Estaba desilusionado en que Sarah hubiera tomado la decisión de dejar al Fénix vivir como una mortal sin conocimiento del gran peso que llevaba sobre sus hombros. Sentía que Nathaniel le había dado una encomienda muy difícil, pero tenía que cumplirla para salvar a su mundo. Nathaniel siempre fue desprendido, despreocupado, lleno de una paz interior y casi nunca mostraba enojo o falta de control. Sin embargo, ahí estaba su hija, físicamente con muchos de sus rasgos pero tan diferente en su temperamento. Aunque eran parecidos en su espontaneidad. ¿Cómo podría terminar de entrenarla antes de que Égoreo quedara hecho cenizas? Al menos los príncipes habían llegado y ahora Tamish estaba de vuelta. El ver la luz y el poder que desplegó Sabrina protegiendo a su madre y salvando a su hermano le devolvía la esperanza. Posiblemente la profecía hablaba de Sabrina. Solo el Creador sabe por qué y cómo pasan las cosas. Caleb solo era un "sabio" que aún no entendía cómo poder cumplir su destino en esta historia.

Sabrina yacía sobre una cama dormida. Rubí le colocaba paños de agua fría en la frente, mientras Mathew y Amy observaban preocupados.

—¿La fiebre cedió? —preguntó Amy entregándole a Rubí otro paño húmedo.

—Sí, está cediendo.

—¿Cómo es que ya es una adulta? —preguntó Tamish sin quitarle los ojos a su hermana desde la entrada de la cabaña.

—Sabrina y yo fuimos llevadas a la Tierra. El tiempo transcurre más rápido que en Égoreo —contestó Amy.

—Usted sigue casi igual capitana —dijo Tamish.

—¿Capitana? —preguntó Mathew alzando una ceja.

—Tu madre utilizó toda su magia para protegernos. Yo volví a ser niña para estar a su lado junto con Sarah, quien fue nuestro guardián —contestó Amy.

Tamish miró a su madre quien seguía al lado de Sabrina colocando los paños fríos en su frente.

—¿Es por eso que no tienes tus poderes? —preguntó a Rubí quien afirmó con su cabeza.

Tamish comenzó a retirarse y Rubí se levantó para detenerlo.

—¡Tamish!, tenemos que hablar.

—En este momento no tengo deseos de hablar con usted madame. Aún soy fiel a la memoria de mi padre —dijo retirándose.

—¿Qué menudo lío familiar pasó aquí? —preguntó Mathew en voz baja a Amy quien lo ignoró.

Rubí, al oír la pregunta suspiró hondo y se sentó nuevamente al lado de Sabrina. Comenzó a acariciar su cabello recordando a la pequeña niña que una vez estuvo en sus brazos.

Cuando Tamish salió de la cabaña vio a Caleb, Andrew, Einar, Harald y Elizael discutiendo frente al joven sieger que estaba inclinado sobre una rodilla frente a ellos.

—¡Esto es inaudito! ¿Cómo dejaste que pasara? —exigió Andrew visiblemente molesto.

—Ruego sus disculpas —decía Body cabizbajo.

—Esto no está pasando como debería —mencionó Harald en un suspiro.

—Inaceptable, ni siquiera hemos tenido tiempo para cortejarla propiamente y éste, que ni siquiera es marcado, ha intervenido —dijo Andrew a lo que Elizael extendió sus alas molesto.

—Cuidado elfo, de quien hablas es mi hermano.

—Disculpa Elizael, pero una cosa es que ella no sepa lo del cortejo. ¿Esto?, esto es... —continuaba Andrew.

—Dudo que ella sepa lo del lazo —dijo Einar dejando a todos confundidos y volviendo a mirar a Body.

—No, no lo sabe y será mejor que se quede así —dijo Caleb entrando en la conversación.

—Sabio pero...

—Ustedes deben seguir ayudando en su entrenamiento. Si quieren cortejarla, háganlo. Mientras menos tiempo pase con Boadmyel será mejor. El lazo terminará de romperse por su cuenta —interrumpió Caleb a Harald.

—¿Y si no es así? —preguntó Einar.

—Haremos que ese lazo se rompa, no se preocupe sabio –afirmó Andrew decididamente.

—Tampoco debemos obligarla Andrew. Tenemos que conquistarla paso a paso.

—Harald tiene razón —dijo Einar.

—Tú ya pasaste tiempo con ella —le reprochó Andrew.

—¡Basta! Haremos nuestro mejor esfuerzo y sé que el sieger sabe cuál es su lugar. Así que solo nos esforzaremos más. Aquí la verdadera misión es salvar a Égoreo, no ver quien se casa con ella —dijo Harald.

—¿Qué es todo esto del casamiento? —preguntó Tamish acercándose.

—Les ruego me disculpen necesito tiempo para calmarme y asimilar esto —dijo Andrew retirándose.

Ante la mirada intrigante de los presentes Tamish se acercó hasta pararse frente a Body. El sieger lo miró y se levantó. El mächtig estaba con sus brazos cruzados sobre el pecho e inclinó la cabeza levemente para mirarlo alzando una ceja. Ese gesto era muy parecido al que Sabrina acostumbraba hacer cuando esperaba una respuesta. Body separó la distancia al levantar la vista y reconocer a su superior. Luego hizo un saludo militar tras una leve reverencia.

—Me parece haber visto tu rostro en la guardia real —dijo Tamish a Body.

—Es mi hermano Boadmyel —mencionó Elizael acercándose.

Tamish miró a Elizael y saludó con su puño en su pecho. Elizael respondió de la misma manera.

—Hola Elizael —Tamish miró a los príncipes que estaban allí—. Einar, Harald.

—Hola hermano —dijeron ambos al unísono.

—Es un gran honor tenerte de vuelta —dijo Harald—. Ya era tiempo que el Caos se alejara de ti.

—Ha sido gracias al Fénix —informó Caleb—. Ese es el poder que puede restablecer la paz en Égoreo. Debemos hacer que ella pueda controlarlo.

Todos afirmaron con un movimiento de cabeza.

—Solicito permiso para retirarme —Body se colocó frente a Caleb para hacer la solicitud.

—Claro hablaremos más tarde.

Body comenzó a retirarse hacia el bosque y Elizael lo siguió. Caleb comenzó a retirarse en la dirección que Andrew había tomado, pero Tamish lo detuvo.

—Caleb, necesito que alguien me explique qué rayos está pasando aquí.

—Vamos, te explicaré —dijo continuando su camino.

Elizael alcanzó a Body y lo detuvo por el brazo.

—¡Boadmyel espera tenemos que hablar!

—Body… llámame Body por favor.

El hermano mayor lo observó con cautela ante tal requerimiento. Definitivamente algo había pasado en su hermano pues no era el comportamiento del Boadmyel que conocía. Tras una leve pausa sonrió y le dijo:

—Te queda. Presiento que así te llama la Fénix ¿cierto?

—Podemos hablar de eso en otro momento no...

—Es sobre nuestro padre —dijo Elizael en un tono serio interrumpiendo a Body quien estaba a punto de alzar el vuelo.

—¿Qué pasó con nuestro padre?

—El Caos se está apoderando de él. Sus ojos se están oscureciendo. Traté de hablarle pero no quiso oírme. Se está apoderando de muchas aldeas y de muchos egoreanos. No queda mucho tiempo y sé que la Fénix no está preparada.

—Sabrina, su nombre es Sabrina —dijo Body un poco a la defensiva.

—No sé, pero tu tono... si no te conociera juraría que estas celoso. ¿Estás seguro que no sientes nada por el Fen... Sabrina?

—¡NO! Sé cuál es mi lugar —dijo Body firmemente.

—Hermano una cosa es saber y otra es sentir —Elizael puso la mano sobre el hombro de su hermano con afecto.

—Lo que estás insinuando, bien sabemos que no puede ser. Y yo estoy totalmente seguro.

Body hizo una reverencia a su hermano y alzó el vuelo. Elizael vio cómo su hermano se elevaba alejándose de su vista. Bajó la cabeza y suspiró "Si tan solo te dieras la oportunidad de aceptar lo que sientes, no experimentarías tanto dolor mi hermano".

Caleb y Tamish estaban caminando por el bosque. Tamish no soportaba ese incómodo silencio y luego de dar varios pasos le preguntó a Caleb.

—¿Qué está pasando Caleb?

—Como ya sabes Sabrina, a quien conociste como Irina, es el Fénix y que ella es tu hermana...

—Sí, Amy me explicó el por qué ya es un adulto.

—Entonces sabes que el Fénix debe desposarse con uno de los cuatro marcados.

—Lo sé, sé las leyes de Égoreo. Lo que no entiendo es por qué ahora. ¿Por qué ya le buscas cortejo cuando apenas se está preparando?

—El sieger se unió a ella por accidente.

—¿Qué...cómo...?

—Sucedió mientras salvaba su vida.

—Entonces lo único que significa esto es que ambos sentían algo.

—Por eso necesitamos acelerar el cortejo. Bien sabes que alguien que no es marcado no está preparado para llevar tal carga de energía en unión al Fénix. Podría causar un desbalance en ella y poner sus vidas en riesgo en esta guerra.

—Lo sé —dijo Tamish mirando hacia la cabaña donde se encontraba Sabrina.

—Tu madre hizo todo lo posible por protegerlos, al tal punto que perdió su marca.

—¿Protegernos? me hizo creer que mi hermanita había muerto y más que eso engañó a mi padre. ¡¿Cómo crees que me siento ahora que sé que el Fénix es mi hermana?!

—¡No difames a tu madre y menos la memoria del Rey!

—¡¿Y la memoria de Daven, mi padre, tu mejor amigo?! ¿Tu lealtad como amigo también fue fingida? —preguntó Tamish deteniendo su marcha pues Caleb se detuvo para enfrentarlo.

—Daven se casó con ella aún sabiendo que Rubí no lo amaba. Fue un matrimonio arreglado.

—¡Como casi todos en Égoreo, pero la lealtad...

—¡No hables de lealtad tan a la ligera cuando tú estabas siendo consumido por el Caos! Estuviste a punto de hacerle daño a tu propia madre. Si no fuera por el Fénix, estuvieran muertos.

Tamish estaba sorprendido al entender ahora la gravedad de lo que estuvo a punto de ocurrir esa tarde.

—Sabes que amaba a tu padre como a un hermano. Rubí nunca traicionó a Daven. Ella lo respetaba y llegó a amarlo más que a su propia vida.

—¿Entonces?, ¿Irina, Sabrina, por qué...?

—Porque las cosas pasaron así. La muerte de tu padre les causó un profundo dolor. Ambos, Rubí y Nathaniel encontraron consuelo uno en el otro. Sin darse cuenta volvieron a aflorar sentimientos reprimidos desde muchos años antes de la unión con Daven.

—Aún no puedo perdonarlos.

—Por eso fuiste un blanco perfecto para el Caos. Debes combatir esos pensamientos negativos o volverá.

—Sé lo que tengo que hacer, pero no puedes pedir que cure la herida porque en estos casos la magia no funciona —dijo Tamish.

—Solo te pido que hagas tus sentimientos a un lado por el bien de nuestro mundo. Tenemos que preparar al Fénix o no recuperaremos a Égoreo.

—De acuerdo —dijo haciendo una leve reverencia para marcharse.

—Una cosa más Tamish —dijo Caleb deteniéndolo. Tamish escuchó de espaldas al sabio—. Quizá no recuerdes, pero esa noche tu madre perdió su marca y sus poderes salvándolos a los dos. Tratando de defender a tu hermana quedaste gravemente herido y la magia de tu madre fue la única salvación.

Tamish continuó su marcha y Caleb se quedó parado en medio del bosque hasta que lo perdió de vista. Respiró profundo y comenzó a hablar en voz alta.

—Sé que estás ahí. No tienes que husmear Einar.

Einar salió de entre la espesura del bosque sonriendo.

—Solo buscaba a Andrew y los escuché sin querer.

—Harald sé que también estás ahí —dijo Caleb respirando hondo con los ojos cerrados.

Harald salió del otro extremo de donde salió Einar visiblemente avergonzado.

—Disculpe sabio Caleb.

—¡Vaya, vaya! Ahora no puedes regañarme por mi curiosidad innata —dijo Einar a Harald quien lo miró molesto.

—¡Esto es increíble! Ustedes son príncipes, no adolescentes —dijo Caleb decepcionado.

Ambos jóvenes estaban apenados en especial Harald pues admiraba en gran manera a Caleb.

—¿Dónde está el joven Andrew? —preguntó Caleb

—Yo estaba siguiéndolo pero lo perdí de vista —dijo Einar.

—Estoy aquí —dijo Andrew desde la rama gruesa de un árbol. Luego se lanzó hasta llegar al lado de Einar y Harald.

Caleb trataba de contener su molestia y las ganas de otra reprimenda, pero respiró hondo.

—Les ruego que no divulguen lo ocurrido al Fénix. No quiero que su entrenamiento se retrase más de lo debido. Dejen que todo fluya a su tiempo —dijo Caleb.

—¿Y qué haremos con el sieger? ¿Podemos mandarlo a Égoreo por un tiempo? —preguntó Andrew.

—No podemos separarlos repentinamente o ella lo buscará. Ya tienen un lazo. Como les dije, solo necesitamos que pasen más tiempo con ella. Mientras más comparta con los príncipes y logre crear afinidad con uno de ustedes ese lazo irá desapareciendo —dijo Caleb—. Harald, mañana le enseñarás a controlar tu elemento.

—Sí señor —contestó Harald con una leve reverencia.

—Regresen al campamento. Hoy ya hemos perdido bastante tiempo —ordenó Caleb desapareciendo frente a ellos.

—¿Estabas desde el principio oyendo? —preguntó Einar a Andrew.

—Caleb nos indicó no divulgar lo ocurrido —dijo el elfo seriamente.

—Sí, pero yo no soy el Fénix...

—Vámonos caballeros, mañana nos espera un largo día —dijo Harald interrumpiendo a Einar.

Sabrina llegó al medio del bosque donde se encontró con Body. Podía divisar una herida en su brazo y corrió hasta llegar a él.

—¿Qué te ha pasado? —Body se volteó para observarla—. ¿Qué te pasó? —preguntó Sabrina insistentemente.

—Nada, no te preocupes. Debes entrenar y yo debo alejarme.

—¿Alejarte por qué?

—Es peligroso para los dos...

—Se supone que eres mi guardián —dijo Sabrina interrumpiéndolo y tomándole el brazo.

Body se quejó y Sabrina observó la herida que estaba oculta bajo un vendaje.

—¿Qué te sucedió? —preguntó tratando de ver su brazo.

—Fue practicando.

—Déjame ver —dijo Sabrina quitando el vendaje y pasando su mano por encima de la herida que a su vez se ilumino curándose.

Ambos quedaron asombrados. Body la miraba con ternura y ella comenzó a observarlo detenidamente. Él levantó su mano para tocarle la mejilla cuando ella exclamó.

—¡Body tu cuello!

—¿Mi cuello?

—Parece como si estuviera corriendo veneno por tus venas.

Body se tocó el cuello y asustado alzó el vuelo huyendo de allí. Sabrina se quedó sola y preocupada. El viento hacía sonar las hojas de los árboles de una manera tenebrosa y una brisa fría que le pasó por su lado le erizó la piel. Frente a ella se irguió una masa de neblina negra sin forma alguna. Sabrina podía percibir que de esa neblina negra emanaba dolor, celos, desespero, ira, miedo y soledad. Aquella masa de oscuridad seguía creciendo frente a ella y luego se abalanzó en su contra. Comenzó a recordar como si miles de imágenes aparecieran en su mente a la vez. Tamish siendo atacado por orcos, ella llorando, su madre Rubí utilizando una energía inmensa interponiéndose entre el Caos y ella. Los ojos de su hermano cambiando y luego el dolor que la hizo despertar de su desmayo.

Sabrina se levantó de golpe agarrando su cabeza. Amy y Mathew, que se encontraban en la habitación, se acercaron.

—¿Estás bien? —preguntó Amy.

—Sí, eso creo. Me duele mucho la cabeza. Ya se me pasará — dijo levantándose de la cama.

—Eso lo podemos solucionar —dijo Amy llevando su mano a la cabeza de Sabrina y cerrando sus ojos. Al retirarlas, Sabrina sonrío.

—¡Vaya! Gracias, me siento mucho mejor. Eso sí es útil, tendrás que enseñarme algún día.

—Harald, el príncipe de mi clan lo hará. Está esperando por ti fuera de la cabaña.

—El hombre de ayer…

—¿Tamish? —preguntó Amy interrumpiendo a Sabrina.

—¿Así se llama? creo haberlo visto antes.

—¿No recuerdas nada de lo que pasó? —preguntó Mathew.

—No mucho, solo que ese hombre quiso lastimar a Rubí y no podía permitirlo. Al tocarlo para detenerlo sentí una gran carga de energía. Había un gran dolor en él, oscuridad, tinieblas, pero mucho dolor.

—La oscuridad que percibiste es el Caos —dijo Amy.

—Parecías estar en trance Sabrina. Resplandeciste como una estrella y esa oscuridad salió de él —explicó Mathew.

—¿Pudiste verlo? —preguntó Amy a Mathew con asombro.

—Sí, ¿por qué?

—Definitivamente estas evolucionando —dijo Amy sonriente.

—¿Evolucionando? Habla como si se tratara de un pokémon —dijo Sabrina a Mathew quien estaba sonriendo.

—Mejorará con la práctica —dijo Amy y volviendo su mirada a Sabrina le dijo—. Tamish es tu hermano Sabrina.

—Eso sentí. ¿Pero... por qué él no es el Fénix si...

—Son hermanos de madre —terminó Mathew diciéndole.

—¡Oh!, ok —dijo Sabrina abriendo los ojos en asombro—. Esto es... un poco incómodo ahora.

—Tamish es el nuevo Capitán de la guardia real de Égoreo. Estará dispuesto a ayudar, de eso estoy segura —dijo Amy.

—Gracias Amy por estar a mi lado también en este loco trayecto —dijo Sabrina mirando con afecto a Amy.

Amy le respondió con una mirada tierna cuando tocaron a la puerta y se volteó para abrir.

—Buenos días, ¿cómo se encuentra el Fénix? —dijo Harald desde la puerta.

—Ella ya despertó —contestó Amy.

—No estoy seguro si entrenar ahora sería adecuado...

—Voy enseguida —gritó Sabrina interrumpiendo a Mathew.

—Ya la escuchaste —Amy se encogió de hombros hacia Mathew.

Sabrina salió de la cabaña y se encontró con Harald quien la esperaba pacientemente sentado en un tronco. Cuando Harald levantó la mirada y vio el rostro resplandeciente de Sabrina no pudo contener la sonrisa que se le dibujó inmediatamente.

—Buenos días milady —dijo Harald haciendo una cortés reverencia.

—¿Qué me enseñará hoy maestro?

Harald la miró, sonrió y comenzaron a caminar en dirección a la cascada explicándole a Sabrina que harían.

—Sabe que los gelehrt tenemos afinidad con el agua ¿verdad?

—Sí. Caleb me había dado una breve introducción de cada clan y sus elementos.

—Bien, comenzaremos con un poco de meditación.

—He hecho eso antes, en la Tierra. Aunque no al nivel de Égoreo.

—No se preocupe Fénix…

—¿Harald cierto?

—Sí.

—¿Puedo solicitar algo de usted?

—Lo que desee milady.

—No me llames por el nombre de Fénix. Mi nombre es Sabrina.

—¿Tampoco milady?

—Eso… puedo aceptarlo. Eres muy caballeroso, puedo verlo en ti.

—Gracias.

—¿Entonces por eso nos dirigimos a la cascada?

—Precisamente —dijo Harald entrando en el río y sentándose en unas rocas cerca de la cascada.

Sabrina lo siguió y se sentó frente a él cruzada de piernas.

—Solo cierra tus ojos y piensa en la energía que llevas dentro. Deja que fluya así como fluye el agua del río.

Cerró sus ojos y empezó a meditar como le habían enseñado en las clases de yoga mientras oía la voz suave y profunda de Harald explicando lo que tenía que hacer.

—Para que pueda fluir con su energía y controlarla debe verla como una corriente de agua. Los sentimientos deben fluir por usted. Es normal que lleguen sentimientos de enojo y frustración, hasta de miedo. El problema es aguantarlos por mucho tiempo y estancarlos. No permite que su energía fluya propiamente por sus vórtices de poder.

—Recuerdo esto de las clases de yoga. ¿Los chákras?

—No sé cómo los llamen en el mundo donde estaba. Lo importante es que aguantar la ira, depresión, pesimismo, celos, desesperación, soledad, oprimirte a ti misma y el miedo bloqueará sus puntos energéticos. Y lo más importante, si los acumula perderá el control, lo que alimentará al Caos.

Sabrina recordó su visión. Esos sentimientos emanaban de la masa negra que la atacó en su sueño. Temía por Body y recordó las marcas de veneno en su cuello. ¿Acaso estaba siendo atacado por el Caos?

—Está estresada, puedo sentirlo —dijo Harald.

Sabrina abrió los ojos y vio a Harald con los suyos cerrados. Se quedó observando la paz y la tranquilidad que el joven sabio emanaba. ¡Era admirable! Su cabello blanco y largo se movía con la brisa del lugar y le daba un halo pacífico a su entorno. Harald sin abrir los ojos sonrió diciendo.

—Gracias por admirarme milady. No soy tan presumido como Einar, pero me consideran un buen partido dentro de mi clan. Ahora intente concentrarse y encontrar su paz interior. No piense en nada, no de paso a pensamientos negativos y deje fluir su energía.

Amy y Mathew se encontraban recolectando leña para la fogata. Mathew se quedó observando a Amy recordando el beso de la noche que llegaron a esa dimensión y también las palabras que hirieron su corazón. "No hay espacio para nada más en un shützend si no está marcado. No entenderías aunque te lo intentara explicar".

—¿Podrías intentar explicarme las leyes de tu mundo? —preguntó soltando los troncos que llevaba.

—¿A qué te refieres?

—¿Por qué si no estás marcada no tienes derecho a buscar tu felicidad?

—Ya te dije que son leyes que no entenderías. Soy un soldado, una shützend. Soy guardián y a eso le debo dedicar todo mi ser.

Ver al Fénix ocupar su lugar y salvar Égoreo es toda la felicidad que busco. Ver mi tierra libre del Caos.

—No te creo.

—Puedes creer lo que quieras, pero la realidad es la realidad.

—La realidad que veo es otra Amy. No eres una Jedi.

—Esto no es una película Mathew.

—Sé lo que sientes en tu interior. ¿Por qué, por qué insistes en encerrarte...

—Ya te dije las razones Mathew. No daré más explicaciones innecesarias...

—Son necesarias...

—¿Para quién?

—¡Para ti! ¡Óyete a ti misma! ¿Por qué dices que no mereces más? ¿Por qué dices que no tienes derecho? Tienes todo el derecho del mundo en ser feliz y abrir tu corazón a alguien. Tienes ese derecho solo por existir —dijo Mathew alzando la voz.

Amy se quedó muda. Las palabras de Mathew eran estocadas a su corazón. ¿Tenía derecho a ser feliz sólo por existir? Este humano que había aparecido en su vida como un estorbo en su misión ahora le estaba reprochando y haciéndola cuestionar su misión y su vida. Sí, era feliz como la hermana de Sabrina. Fue feliz al haber entrenado a Mathew y él había despertado en ella el deseo de algo más que la vida de un soldado. Aunque fuera una guerrera por primera vez en su vida quería entregar su corazón a alguien más que al ejército. Sus ojos comenzaron a humedecerse y dio la espalda para retirarse, pero Mathew volvió a preguntarle.

—¿Y cuándo todo esto acabe? Cuando el Fénix tome su lugar... Cuando el Caos sea vencido y Égoreo esté libre... ¿Qué harás entonces? ¿Regresarías conmigo a la Tierra?

Amy volteó para mirarlo. Estaba sorprendida y también indignada con la insistencia de este humano.

—Tienes derecho a ser feliz, no importa si eres soldado o una simple camarera. Sé que tu padre está aquí, pero ¿Qué será de Clara y Sam? Ellos no son solo peones de un juego de ajedrez, para ti fueron tus tíos, fueron como unos padres. ¿Y yo?... Todos tenemos derecho a ser feliz y yo... quiero ser feliz a tu lado.

Amy no sabía qué contestar y sus ojos se llenaron de lágrimas con tan solo pensar en sus tíos de la Tierra. Mathew se acercó y tomó su mano. Amy se dejó caer de rodillas al suelo. La fachada tosca y seria de capitán había sido vencida por el corazón de un tödlich. Mathew la abrazó y Amy se dejó abrazar descargando el peso de su alma en llanto. No tan lejos del lugar Einar observaba con una sonrisa en los labios.

LA MAGIA QUE LLEVO DENTRO

—¿*P*uede sentir su energía? —preguntó Harald—. Deje que fluya, visualícela en su interior.

Sabrina comenzó a buscar en su interior y vio una masa de hilo dorado toda enredada.

—Veo algo pero está enredado —dijo con los ojos cerrados.

—Eso es, va bien. Ahora concéntrese e intente desenredarla.

Sabrina trató de alcanzar un tramo de esa esfera de hilo, pero era como si tuviera vida propia. La esfera se movía y retractaba al Sabrina acercarse.

—No lo fuerce deje que fluya —dijo Harald percibiendo la frustración que Sabrina emanaba.

—¡No puedo! —dijo Sabrina fatigada—. Es como si huyera de mí. Esto es tan frustrante, tengo magia pero no quiere hacerme caso.

—La magia no es una persona, está dentro de usted. Solo tiene que aprender a usarla y tener paciencia —dijo Harald mientras levitaba una esfera de agua llevándola a donde estaba Sabrina.

—Tendré más paciencia cuando dejes de tratarme de usted.

La esfera de agua tomó la forma de un búho. Sabrina quedó maravillada ante la belleza de tal figura que parecía estar viva. Podía ver la silueta de Harald a través del majestuoso búho cristalino que abrió las alas hacia ella. Era mágico presenciar tal obra de arte y estaba hipnotizada con tal espectáculo. Aquello la tomó por sorpresa cuando la figura formada con aquel preciado líquido cerró sus alas de golpe y desapareció empapándola de agua. Harald comenzó a reír. Sabrina respiró hondo y sonrió maliciosamente. Buscó un trazo de su magia y comenzó a levitar una esfera de agua llevándola hasta donde se encontraba Harald riendo. Cuando la posicionó sobre él, la soltó empapando al joven príncipe tomándolo por sorpresa. Sabrina comenzó a reír a carcajadas y él también. Harald contemplaba a Sabrina fijamente observando cada detalle de su rostro. Su sonrisa con esos hoyuelos en sus mejillas la hacía lucir más encantadora. Esa sonrisa era sumamente hermosa y contagiosa. Su cabello rubio con esas mechas rosadas le daba una gran personalidad, hasta su figura era perfecta. Harald sintió un cosquilleo extraño en su estómago que nunca había sentido, ¿cómo describirlo... mariposas? Sí, parecía que tenía mariposas en su estómago y su corazón comenzó a latir fuertemente. El sabio se dio cuenta que había quedado flechado por el Fénix. Luego de unos minutos observándola se percató que ella también lo estaba mirando.

—¿Qué? ¿Tengo algo? —preguntó Sabrina limpiando su rostro.

—Eres perfecta... perdón, digo todo está perfecto —se ahogó al caer en cuenta de lo que estaba diciendo.

A la orilla del bosque cerca del campamento se encontraban los príncipes hablando. Andrew se movía de un lado a otro algo impaciente.

—¿Por qué se tardan tanto?

—Debes tranquilizarte Andrew, recuerda que nuestra misión es entrenarla. Eso toma tiempo —respondió Elizael.

—Lo sé. Es que no solo tenemos competencia entre nosotros. Ahora también se encuentra el sieger y ese humano que no se aparta de ella a menos que no esté entrenando.

—Del humano no debemos preocuparnos —mencionó Einar recostado sobre un árbol con sus brazos cruzados sobre el pecho.

—¿Por...? —preguntó Elizael.

—Solo confíen en mí. El humano tiene su corazón en alguien más.

Señaló con un gesto hacia donde se encontraban los troncos para la leña y vieron a Amy y Mathew colocando los que habían estado recogiendo.

—Eso supones o... Un momento... ¿Leíste su mente? —preguntó Andrew.

—No me culpen por ser curioso, un humano es fácil de leer. Sus pensamientos son intensos. Pedían a gritos ser leídos.

—No tienes remedio Einar —dijo Elizael con la mano en su rostro y sus dedos sobre el entrecejo—. Si fueras un gato ya habrías agotado tus nueve vidas.

—Oigan, agradézcanme que les he quitado la preocupación de un oponente más —dijo Einar.

—¿Oponente?, ¿Tengo que luchar con alguno de ustedes? —preguntó Sabrina que había llegado junto con Harald, ambos sacudiéndose la ropa mojada.

Los príncipes se sorprendieron al oír a Sabrina y quedaron erguidos de un golpe. Vieron a ambos empapados y Einar dijo.

—¡Princesa! ¿Qué te hicieron?, ¿A caso Harald pidió que pescaras en el río y te lanzó?

—Eso no es de caballeros —dijo Andrew acercándose a Sabrina y con un movimiento de manos un remolino de hojas la envolvió dejándola seca y presentable.

—Gracias, pero solo nos divertíamos un rato luego de entrenar. Jugar con agua a veces revive momentos de la niñez —dijo Sabrina mirando a Harald y sonriendo.

—¿Y a mí? —dijo Harald a Andrew riendo.

—Sécate tú mismo —contestó el elfo seriamente ante la sonrisa burlona de Harald.

—¿Asumo que ahora me entrenarás? —preguntó Sabrina a Andrew.

—Será un gran honor señorita —afirmó haciéndole una reverencia y mostrando con su mano el camino.

Al Sabrina dar la espalda Andrew volteó y le dijo por telepatía a los príncipes: "Ni se les ocurra interrumpir nuestro entrenamiento. Espero una competencia de altura entre nosotros".

Tan pronto Andrew y Sabrina desaparecieron de vista, Einar, Harald y Elizael no pudieron contener la risa.

—No creo que el elfo tenga oportunidad con ella —dijo Einar.

—¿Por qué? —preguntó Harald.

—Por lo visto tú y yo somos más compatibles que él —dijo Einar a Harald.

—No estén tan confiados. Aún no ha pasado por mis manos — mencionó Elizael retirándose.

Einar y Harald se quedaron algo sorprendidos al oír al sieger y verlo retirarse con tanta confianza. Einar observó a Harald de la cabeza a los pies pues seguía mojado y gotas de agua se escurrían por su cabellera plateada.

—¿Qué? –preguntó Harald al ver que su amigo lo miraba insistentemente—. No puedes leer mi mente, te tengo bloqueado hermano.

—Lo sé, pero aún sin eso, puedo leerte ahora mismo. Esa sonrisita tonta y sigues empapado, ¡Tú, el sabio refinado! Solo significa una cosa.

—Piensa lo que quieras mächtig. Voy a dormir un rato.

Harald se alejó y Einar se quedó pensativo. Luego, se le dibujó una sonrisa maliciosa.

—No puedes engañarme hermano, la Fénix te flechó. De un modo extraño me siento contento por ti —dijo en voz alta extrañado de su propia respuesta.

Rubí se encontraba con Caleb y Amy en el campamento practicando. La madre de Sabrina era buena en lucha aunque ya no poseía su magia. Llevaba una armadura especial hecha por el sabio. Un escudo y una espada protegida con magia.

—No es tan pesada como esperaba —dijo Rubí.

—Nos costó mucho trabajo pero logramos crear estas armaduras con la ayuda de Einar para que tú, Sabrina y Mathew estén protegidos en Égoreo cuando llegue el momento —explicó Amy.

—Eres muy buena luchando Rubí, pero no debes perder de perspectiva que eres vulnerable sin tu magia —dijo Caleb.

—Entonces debería quedarse fuera de la guerra —dijo Tamish acercándose.

Rubí se sorprendió al ver a su hijo llegar hasta su lado mirando al sabio, sin dirigir la mirada a ella.

—Ella es parte de esta misión —dijo Amy.

—Podría resultar mal herida. Ella no tiene magia —discutió Tamish molesto.

—No te preocupes Tamish... —comenzó a decir Rubí y Tamish la interrumpió.

—Lo digo porque pondrías en riesgo a los demás tratando de ayudarte.

—No tienes que dirigirte de esa manera... —dijo Amy.

—Solo soy objetivo. Es parte de ser soldado, así me entrenaste, ¿o lo has olvidado?

—También te entrené para que respetaras a tus superiores y en esta misión ella es tu superior —dijo Amy como si estuviese dando una orden.

Tamish quedó en silencio y Caleb se acercó e intervino.

—Necesitamos de la ayuda de todos Tamish. Tenemos que trabajar como uno solo. Es la única forma de vencer al Caos. Recuerda, en la unión está la fuerza.

—Sí señor —dijo haciendo una reverencia.

—Lucha conmigo —sugirió Rubí.

Tamish la observó atónito.

—Dije que luches conmigo. Si logras vencerme me mantendré al margen de todo esto y no intervendré.

—¿Y si ganas?, lo cual dudo.

—Dejarás de actuar como un niño rebelde y trabajaremos juntos en restablecer el equilibrio en Égoreo. También nos sentaremos a hablar, y me escucharás.

Tamish estaba asombrado por la determinación en su madre aún cuando no poseía magia. También molesto e incómodo pues había evitado hablar del pasado con ella. Estaba en una encrucijada, al menos si ganaba ella se alejaría y estaría a salvo.

—De acuerdo.

Sabrina y Andrew se encontraban en la copa de un árbol. Ya había aprendido a manejar las hojas de los árboles y algunas ramas. Una rama de un árbol se acercó y se posaron en ella para bajar. Sabrina se tropezó y Andrew la agarró de la cintura hasta llegar al suelo.

—Siento si la he incomodado —dijo cordialmente.

—No te preocupes. Hubiera caído si no me agarrabas.

—Jamás permitiría eso milady.

—Gracias, ustedes son muy especiales. Me han hecho sentir en familia.

—Eres de nuestro mundo, eres parte de nosotros... me alegra que mis colegas te hayan ayudado bien. Se nota que no perdieron su tiempo y tomaron el entrenamiento enserio.

—¿Por qué no lo harían?

—¡Exacto! Se divirtió con Harald jugando con agua. Lástima que no podamos hacerlo con lodo, se ensuciaría.

—Para eso está la magia —dijo Sabrina sonriendo.

—¿Entonces estaría dispuesta a una guerra de lodo? Aprendería a controlar la tierra.

—Lo que usted recomiende maestro —dijo Sabrina con una sonrisa de complicidad.

Andrew levantó sus manos y del suelo salió un pequeño afluente de agua haciendo que formara lodo.

—Inténtelo por favor.

Sabrina cerró los ojos y buscó un trazo de magia en su interior comenzando a levantar una pequeña esfera de lodo. Cuando los abrió, vio la esfera de lodo en el aire y comenzó a sonreír.

—Muy bien, ahora trate de lanzarlo.

Sabrina lo miró y con una sonrisa maliciosa le lanzó la pequeña esfera de lodo a Andrew sin tocarlo. Andrew comenzó a reír.

—Lo siento milady no me rio de usted, tiene que lanzarlo con más fuerza —dijo lanzando otra esfera de lodo.

Sabrina la observó y la detuvo con su magia. Agrandó la esfera de lodo hasta hacerla una enorme y la lanzó a Andrew quien se volteó para esquivarla pero ya era muy tarde. Andrew cayó al suelo lleno de lodo y Sabrina siguió riendo sin parar. El príncipe elfo hizo que bajo los pies de Sabrina se formara un charco de lodo donde ella resbaló y cayó. Entre risas y una guerra de bolas de lodo Sabrina había aprendido a controlar la tierra. Body se acercó al lugar al oír risas. Cuando los vio, quiso retirarse, pero ella logró verlo y recordó su sueño. Interrumpió la risa de Andrew disculpándose.

—Disculpe un momento príncipe Andrew —dijo haciendo una leve reverencia y se dirigió a donde estaba Body—. ¡Detente por favor!

Body respiró hondo y se volteó. Sabrina corrió hacia él buscando en su cuello.

—¿Qué rayos haces? Me estás llenando de lodo —se quejó tratando de separarla.

— Solo mantente quieto y déjame revisar tu cuello —dijo halándole las alas hasta poder ver su cuello.

—¿Estás loca? ¡No puedes dejar al príncipe así y venir donde tu guardián como te plazca! ¿Por qué crees que no estoy cerca?

—Y eso no me agrada. ¿Te has sentido bien?

—Sí, ¿por qué? ¡No seas tan melosa!

—¿Melosa yo?, solo… olvídalo. No te volveré a molestar.

—¡Gracias!

Body se colocó en posición erguida y saludó con una reverencia a Andrew que se había acercado.

—¿Todo bien? —preguntó el príncipe elfo enarcando una ceja.

—No se preocupe príncipe Andrew, el Fénix no volverá a interrumpir su entrenamiento.

El sieger alzó el vuelo y Sabrina se volteó hacia Andrew.

—Disculpe milady, solo me preocupé.

—No… yo… lo siento Andrew. ¿Continuamos el entrenamiento?

—¡Claro!

La batalla de Rubí y Tamish ya había comenzado en el claro del campamento. Rubí había resistido a los ataques de su hijo. Por el espacio de su armadura se podía divisar el sudor de su frente corriendo por su mejilla.

—Esto es intenso. Ciertamente Rubí sabe luchar aún cuando no posee magia —dijo Mathew.

—Rubí es una de las princesas de nuestro clan. En su tiempo ella fue marcada también —dijo Einar.

—No entiendo. ¿Si son marcados se vuelven realeza? —preguntó Mathew.

—En nuestro mundo, el Creador marca al hijo o hija de una familia. Su pureza, su honor, sus habilidades y disciplina son los requisitos —respondió Einar.

—¿Y entre ellos escogen al Fénix? No... porque Sabrina es el Fénix, porque su padre era el Fénix... —pensó Mathew en voz alta.

—No le des mucho a tu cabeza humano —dijo Elizael.

—Sí, las leyes y costumbres de nuestro mundo a veces son incomprensibles para otros —argumentó Harald.

Un grito de Rubí interrumpió la conversación de los príncipes con Mathew. Tamish le había dado un buen golpe.

—Será mejor que te detengas ahora Rubí, o resultarás más lastimada y no deseo eso —dijo Tamish.

—No me mires con lástima por ser tu madre Tamish. Soy una guerrera igual que tú.

—Tienes las mismas posibilidades de ganar que ese humano, no tienes magia.

—Siempre se puede empezar de cero —dijo Rubí alzando su mano hacia Tamish y un resplandor rojo comenzó a vislumbrarse en todo su cuerpo.

La espada del mächtig salió volando de sus manos hasta llegar a Rubí que comenzó a atacar con ambas espadas. Él contestó al ataque lanzando con sus manos destellos de fuego, sin embargo Rubí las deshacía con las espadas. Tamish dio un fuerte rugido y comenzó a transformarse.

Sabrina y Andrew habían terminado su entrenamiento en el bosque. Ya estaban acicalados y limpios. Ella no podía apartar la vista de las orejas puntiagudas del príncipe elfo. Andrew se volteó para observarla.

—¿Tiene alguna pregunta?

—Es que... es la primera vez que veo un elfo real.

—¿Real?

—En mi mundo...

—¿Égoreo?

—Bueno en el mundo donde me crié solo veía elfos en las películas, libros y en las convenciones de comics.

—¿Los elfos de la Tierra se dejan ver tan fácilmente?

—¿Hay elfos reales allá?

—Si alguien de mi clan pasa a su dimensión por cualquier razón no debe ser visto. Los humanos lo cazarían. Historia de nuestro clan. Es por eso que ahora están prohibidos los viajes a su dimensión.

—Wow... Blowmind.

—¿Perdón?

—Nada, solo quería preguntar si pudiera...

—Adelante dígame lo que quiera. Estoy a su disposición milady.

—Je, gracias. Quisiera... tocar tus orejas. Tengo mucha curiosidad.

La sorpresa y la vergüenza en la cara de Andrew eran notables pues se había sonrojado.

—Disculpa si no se puede o es algo irrespetuoso...

—Para nada princesa... ¿Puedo llamarla por su nombre?

—Claro.

—No me molestaría Sabrina. Puedes tocar mis orejas si es tanta la curiosidad.

Con algo de timidez Sabrina comenzó a alzar el brazo en dirección a la oreja de Andrew quien estaba perdido observando el rostro de la Fénix. Encontraba a Sabrina hermosa como un sueño, tanto que ya se había enamorado de ella a primera vista y estaba dispuesto a hacer todo por conquistarla. Cuando Sabrina estuvo a punto de tocar su oreja, un rugido potente se escuchó provenir del campamento.

Tamish se había convertido en un enorme dragón con escamas color vino, una alas enormes que al desplegarse fácilmente ocuparían el tamaño de dos buses escolares. Aquel animal mitológico daba latigazos con su enorme cola que parecía que despedía fuego. Sus garras eran tan filosas que podrían traspasar un soldado de un solo zarpazo. Sus filosos colmillos se divisaban claramente cuando lanzó el rugido prehistórico y sus ojos de mirada intensa mantuvieron su color de forma humana. Rubí se lanzó a atacar cuando el dragón comenzó a lanzar fuego. Con su escudo se protegió y esperó a que Tamish dejara de lanzarle fuego pensando en su próxima movida.

—¿No crees que Tamish está peleando sucio? —preguntó Harald a Amy al momento que Mathew se había desmayado por la impresión.

—Para nada, ella quería pelear justo como un guerrero lo haría —respondió Amy.

—¿El humano estará bien? —preguntó Harald al ver a Mathew caer al suelo y a Amy responder como si nada hubiera pasado.

—Ya le pasará. solo está impresionado pues no es lo mismo leer de dragones que ver a uno.

Tamish observó que Rubí no se movía de lugar y dejó de lanzar fuego acercándose a donde ella se encontraba. Rubí aprovechó el momento y dio un salto dejando su escudo en el suelo llegando a la espalda de Tamish quien sorprendido trataba de sacudirla. Rubí colocó la espada en el cuello del dragón. Sabrina llegó con Andrew justo en ese momento y al ver a Rubí saltar a encima de un dragón comenzó a correr en esa dirección. Andrew la agarró de la cintura diciéndole.

—Tranquila, solo es Tamish.

—¡¿Solo es Tamish… Tamish?!, ¡Es un Dragón! —exclamó en un grito de preocupación.

Tamish comenzó a volver a su forma humana quedando atrapado bajo Rubí quien tenía la espada en su cuello.

—He ganado. Así que tendrás que aceptar las condiciones que hablamos —dijo ofreciéndole una mano a Tamish para que se levantara.

Tamish miró la mano y la tomó dejándose ayudar por Rubí.

—Acepto mi derrota —hizo una reverencia y se retiró.

Sabrina fue tras Tamish y corrió hasta colocarse frente a él deteniendo su marcha.

—Me impresiona tu forma dragón pero, ¿por qué estabas peleando con Rubí? ¿Acaso no sabes que a las madres hay que respetarlas? —preguntó seriamente con sus brazos cruzados alzando una ceja.

A Tamish se le dibujó una sonrisa en el rostro y colocó una mano en la cabeza de Sabrina. Ella frunció el entrecejo y lo miró con más seriedad. Un recuerdo invadió la mente de Tamish: Sabrina como una niña pequeña con la misma expresión regañándolo cuando no hacía caso a Rubí. El recuerdo del pasado provocó que comenzara a reír.

—No hice un chiste. Estoy hablando en serio... Tamish —dijo Sabrina.

—Mi hermanita regañándome. Esto no es nuevo. Ciertamente eres Irina —dijo Tamish retirándose sonriendo.

—¡Soy Sabrinaaaaaa!

Sabrina se quedó anonadada y molesta observando a su hermano retirarse con cierta nostalgia en su semblante. Einar se acercó a ella y le dijo:

—Está algo decepcionado de sí mismo. Siendo capitán de la guardia no es fácil ser vencido por alguien sin magia. Iré con él, déjalo en mis manos.

Einar le guiñó un ojo y siguió tras Tamish. Sabrina observó a Rubí que estaba quitándose la armadura y se acercó a ella. Estaba herida en el brazo y Caleb comenzó a curarla. Amy y Mathew se encontraban con ella, Harald, Andrew y Elizael se acercaron tras Sabrina.

—¿Cómo te encuentras Rubí? —preguntó Sabrina preocupada.

—Estoy bien, y más aún al ver a mi hijo reír luego de tanto tiempo. Gracias.

—¿Gracias por qué? Estaba hablando en serio.

—Lo sé —dijo Rubí acariciando el rostro de Sabrina.

Tras un gesto de dolor Rubí cayó sin fuerzas y todos intentaron agarrarla. Mathew la tomó en brazos y la llevó a la cabaña. Sabrina siguió a Mathew y los príncipes hicieron el gesto de seguir tras ellos, pero Amy se interpuso en su camino.

—Por favor den espacio a Sabrina ahora. No más entrenamientos por hoy. Necesita estar con su madre.

Tamish llegó al bosque y Einar tras él le iba diciendo.

—Aguarda hermano.

—¿Para qué me sigues Einar?

—Porque me preocupo por ti —dijo alcanzando a Tamish que había detenido su marcha para escucharlo.

—Anda suéltalo, sé que estás ansioso por decir algo y no es algo tierno.

Einar sonrió de medio lado y comenzó a reír a carcajadas.

—Tu madre te ha dado una... como podría describirlo...

—No tienes que hacerlo.

—Te tomó por sorpresa, admítelo Tamish. Rubí es impresionante. Logró sacar poder en ella y sin magia.

—Es mi madre —dijo alzando los hombros y con una leve sonrisa en sus labios.

—¡Ajá! Por fin luego de mucho tiempo oigo esas palabras llenas de orgullo.

Tamish cambió inmediatamente su semblante a uno serio.

—Y Sabrina... —comenzó a decir Einar entusiasmado.

—¿Qué hay de mi hermana?

—Cómo te enfrentó. "¿Acaso no sabes que a las madres hay que respetarlas?" —dijo Einar imitando la voz de Sabrina. Por lo que Tamish soltó una risa espontánea—. ¿Ves? Sacó al viejo Tamish que recuerdo.

—El oírla me recordó los momentos que me regañaba cuando desobedecía a mi madre por seguirte a las fiestas. Una pequeña de cinco años regañando a su hermano mayor. Debes recordar Einar, solías jugar mucho con Sabrina cuando era bebé. Tus primeros intentos de dragón fueron para hacerla reír.

Einar puso cara pensativa y a su mente llegaron esos recuerdos. Sonrió sin esfuerzo y luego recordó su misión en el presente. Frunció el entrecejo y dio una patada en el suelo con frustración.

—¡Rayos! Ahora no la puedo ver como una mujer. Gracias Tamish, arruinaste mi intención de cortejarla.

—De todos modos no eres bueno para ella —dijo Tamish colocando su mano en el hombro de Einar y riendo.

—Te odio, ¿Lo sabías?

—También te amo amigo, pero es mi hermana.

Mathew había colocado a Rubí en la cama de su cabaña y Sabrina estaba a su lado sosteniéndole la mano. Caleb entró a la cabaña y llegando frente a Rubí cerró los ojos colocando sus manos en dirección a ella.

—¿Ella estará bien? —preguntó Sabrina.

—Sí, solo que intentó sacar magia cuando sabe que no la posee. Drenó toda su energía —explicó Caleb al ver la cara de preocupación en Sabrina—. No te preocupes despertará, solo necesita descansar.

—De acuerdo. Si no es molestia me gustaría quedarme con ella un momento —solicitó Sabrina.

—Claro. Vamos joven Mathew, tengo un trabajo para usted.

—Sé que lo dice para que salga de la cabaña señor —dijo Mathew mirando a Caleb y a Sabrina.

Todos salieron de la habitación dejando a madre e hija a solas. Sabrina seguía sosteniendo la mano de Rubí cuando un recuerdo la invadió. Se veía a ella misma de niña corriendo a los brazos de una mujer de cabello rojo. La mujer se dio la vuelta con la pequeña Sabrina en sus brazos. En ese instante reconoció a Rubí, un poco más joven, con su cabellera suelta que llegaba hasta su cintura.

—Mamá, mamá, vamos Tamilll está espelando —dijo la pequeña Sabrina.

—Si cariño ya estoy lista —dijo Rubí mirándola con afecto y lágrimas corriendo por sus mejillas.

—Mamá ¿pol qué llola?

—Por nada mi amor vamos, Tamish ha esperado mucho.

Sabrina volvió en sí y vio el rostro de su madre.

—¿Por qué... por qué darme tu poder? ¿Por qué no viniste conmigo? Siempre me pregunté por qué mi madre nos abandonó. Me preguntaba si nos quería... Gracias a Sarah y a la tía Clara nunca nos faltó amor, pero siempre estuvo la pregunta en mi cabeza —susurró Sabrina sosteniendo y acariciando la mano de Rubí.

De pronto detuvo su monólogo y reaccionó pensando en voz alta.

—Si tú pudiste darme tu poder... quiere decir que yo... puedo... devolvértelo... o al menos transferirte algo de mi poder... ¡Sí!

Sabrina comenzó a buscar dentro de ella su magia. Lo que era la masa de hilos enredada ya estaba esparciéndose por todo su cuerpo. Sabrina, con los ojos cerrados sonrió y «Es hermoso, parece una manta dorada esparciéndose por todo mi cuerpo». Siguió meditando y vio una chispa de fuego en su interior. «Eso es nuevo», pensó con curiosidad. La tomó en las manos y empezó a sentir su cuerpo arder. Sentía las llamas, pero no la quemaban, eran parte de ella. Extrañamente sabía lo que tenía que hacer. Aún con los ojos cerrados vio el aura de Rubí y comenzó a transferir parte de su poder. Vio como su aura iba cambiando, se fue fortale-ciendo. De repente sintió una mano que la agarró bruscamente y la separó de su madre. Cuando Sabrina abrió los ojos de golpe vio a un furioso Caleb frente a ella.

—¿Qué acabas de hacer? —gritó molesto.

—Yo...solo... —trataba de decir Sabrina atónita.

En ese momento entró Amy, Harald, Andrew y Mathew. Todos miraron a Sabrina en el suelo tratando de explicar lo que estaba haciendo pero el enojo de Caleb era notable.

—No estás preparada para hacer ese tipo de cosas. Podrías haber lastimado a Rubí y a ti misma. Como el Fénix deberías ser más cuidadosa. No eres una simple niña de la Tierra. ¿Acaso no lo has entendido? ¡Eres el futuro de Égoreo! —Caleb respiró hondo y dijo para sí—. Solo el Creador sabe lo que hace al enviarnos un Fénix sin conocimiento.

Al escuchar a Caleb, Sabrina se espantó y se levantó mostrando sus ojos húmedos y ya en un color púrpura.

—¡Nunca pedí ser su Fénix! —gritó dejando caer las lágrimas que había estado aguantando.

—¡Papá!... —reprochó Amy cuando Sabrina le pasó por su lado empujándola para salir de la cabaña.

Mathew se volteó para seguirla pero Caleb lo detuvo.

—No interfieras.

—Señor conozco a Sabrina desde...

—Yo puedo ir Caleb —interrumpió Andrew dando un paso al frente. Luego se volteó para ver a Mathew—. Ahora debemos ser nosotros quien intervenga. Tómalo como parte de su entrenamiento.

Mathew miró a Amy quien afirmó con la cabeza. Cerró los puños en un acto de impotencia mientras veía a Andrew salir por la puerta de la cabaña.

—Padre no debiste hablarle así a Sabrina. Fénix o no, esto es nuevo para ella —dijo Amy molesta.

—Ella no tuvo una vida fácil... —continuó Mathew mirando a Caleb—. Señor.

—Lo sé, pero ella es inexperta y tan espontánea que en algunos momentos me recuerda a... Nathaniel aunque su carácter es igual al de Rubí.

—Ella no es Nathaniel, ni tampoco Rubí, sin embargo tiene su fuerza y su pureza. Trata de confiar en ella. Hay momentos que hace las cosas por instinto y por esos momentos es que debemos tener fe en el Fénix.

—Pienso igual que Amy señor —dijo Harald.

Caleb respiró hondo y tomando la mano de Rubí dijo.

—Lo siento, estoy tan estresado que solo pienso en el tiempo que nos queda. Sí, debería tenerle más paciencia, estás en lo cierto Amy.

—Pero... al fin y al cabo ¿Qué fue lo que hizo Sabrina? —preguntó Mathew—. Perdone mi imprudencia señor Caleb.

—Está bien joven Mathew. Sabrina trató de transferirle poder a Rubí. A pesar de nunca haberlo hecho creo que funcionó —dijo Caleb sorprendido revisando a Rubí.

Body se estaba acercando a la cabaña cuando vio a Sabrina salir corriendo. Sentía en su pecho dolor y frustración. Se sentía confundido y solo. Esos sentimientos como había sospechado eran de ella.

Decidió seguirla para evitar que cometiera cualquier locura. Sabrina había caminado hasta el borde del bosque donde se encontraba una ilusión de pared multicolor. Solo quería volver a la Tierra, quería su vida de vuelta. No quería saber nada del Fénix, ni ángeles, dragones, elfos, magia. Se sentía atorada dentro de un sueño. «¿Por qué mi vida se tuvo que complicar tanto? Si tan solo...» Body llegó interrumpiendo los pensamientos de Sabrina.

—¿Sabrina?

—¡Déjame! Quiero estar sola —dijo en voz alta.

Body sintió en su interior el desespero, tristeza e impotencia que ella sentía. Respiró hondo y le dijo:

—Solo sigo órdenes, debo permanecer a su lado aunque no quiera.

Sabrina sintió un dolor en su corazón al escuchar a Body dirigirse a ella de esa manera tan formal.

—Bueno pues sigue estas órdenes; ¡Aléjate de mí!

Body seguía sintiendo el cúmulo de emociones que envolvían a Sabrina. Era como un torbellino que estuviera fuera de control. Se enojó al oírla ordenarle que se alejara. ¿Acaso no se daba cuenta que estaba ahí para ella? Tenía que hacer algo para que entrara en razón.

—Te estás comportando como una niña. Afronta las cosas como son —dijo al perder la paciencia por todo lo que estaba sintiendo a través de ella.

—¡Que! ¿Tú también?... ¿Sabes algo? No. No vale la pena seguir discutiendo... solo déjame sola. ¿Acaso no se me permite estarlo ni siquiera un maldito segundo?

Body hizo una reverencia y levantó el vuelo aunque se mantuvo cerca sin que ella se diera cuenta. La vio caer comenzando a llorar sin consuelo. Su corazón y su mente estaban teniendo una batalla interna. Su corazón le decía que la consolara, pero su mente le decía que no era su lugar. Cuando ya no pudo contenerse más, bajó hasta ella haciendo que se levantara del suelo. Observó su rostro rojo y sus mejillas llenas de lágrimas. En la impotencia que sentía solo siguió sus instintos y la envolvió con sus alas en un abrazo sin darle tiempo de decir algo.

Sorprendida de sentirlo tan cerca pensó en empujarlo, pero él le provocaba un sentimiento de paz cuando la tocaba. Era algo contradictorio, pues muchas veces la hacía enojar con sus palabras pero sus brazos le hacían sentir serenidad. Andrew observaba de lejos escondido entre los árboles. El príncipe elfo estaba molesto. Su corazón latía fuertemente por los celos hacia el sieger que se había entrometido en la vida del Fénix. Andrew deseaba ser quien estuviese consolándola, pero el entrometido alado estaba allí, abrazándola, rompiendo las reglas y alejándolo más de ella. Susurros comenzaron a acercarse a su oído, "Detenlo". "Aléjalo de ella o la perderás para siempre". El elfo cerraba sus puños ante la lucha en su interior mientras una sombra negra comenzó a asomarse en sus ojos.

3

FUERA DE CONTROL

*B*ody rompió el abrazo cuando al fin sintió que había logrado calmar ese sentimiento de desespero en el interior de Sabrina. Tomó el rostro de ella entre sus manos limpiando sus mejillas.

—Debes volver con la frente en alto. No permitas que nada te saque de control.

—Últimamente, ¿Por qué siempre estas cuando…

—Es mi deber. ¿Podrás regresar sola?

—Sí. ¿Por qué no estás en el campamento?

—Estoy en un retiro… meditación, me entreno. No debo interferir con el entrenamiento de los príncipes así que me entreno de esa forma. Regresa, deben estar esperándote.

Body se elevó a los cielos de un salto y Sabrina estrujando sus ojos dio un respiro profundo y dejó salir el aire de golpe. "Vamos Sabrina, control, control". Cuando estaba llegando al campamento de regreso se encontró con Einar y Tamish.

—¿Cómo estás? —preguntó Tamish a su hermana.

—Bien, ¿Por qué?

—Supimos lo que pasó —dijo Einar y Tamish le dio un codazo.

—Bien, hice un espectáculo, ahora soy el centro de atracción nuevamente ¡Bravo Sabrina! —dijo Sabrina sarcásticamente.

—Siempre has sido el centro de atracción princesa —dijo Einar acercándose a ella levantando su barbilla.

Sabrina suspiró diciendo: "¿Podrían fingir que nada pasó?".

Einar la observó y los recuerdos cuando compartía en la casa de Tamish llegaron a su mente. De súbito soltó la barbilla de Sabrina y colocó su mano en su cabeza tras una risa tímida.

—Claro princesa, no hay problema. ¿Verdad Tamish?

—Mañana entrenarás con nosotros Iri... Sabrina, será mejor que descanses ahora —dijo Tamish a su hermana.

—De acuerdo.

Sabrina se dirigía a la cabaña cuando se topó con Mathew y Amy.

—Sabrina, ¿Te encuentras...

—Sí estoy bien —dijo Sabrina interrumpiendo a Mathew—. ¿Podrían solo...? No quiero hablar ahora.

—Sí claro. Andrew nos dijo que necesitabas tiempo para desahogarte a solas —dijo Amy.

—Lástima que no pueda comprarte un helado de doble chocolate como te gustan —dijo Mathew.

—Gracias Mat. La intención es lo que cuenta... ¿Dijiste Andrew?

—Sí, él fue tras de ti cuando saliste de la cabaña. Cuando regresó nos dijo eso —contestó Amy.

—Al menos fue sensato —Mathew cruzó los brazos e hizo un gesto de aprobación a la decisión del elfo.

Sabrina se quedó pensativa. Se despidió de sus amigos y entró a la habitación. Se acostó en su lecho y aún seguía pensando en las palabras de Amy: "Andrew nos dijo que necesitabas tiempo para desahogarte a solas". Andrew la había seguido. Lo más seguro había visto a Body con ella y no dijo nada. Tendría que disculparse y darle las gracias al príncipe elfo por darle su espacio y no contar lo sucedido.

Body había vuelto a la cascada y cuando estaba a punto de entrar al agua escuchó la voz de su hermano.

—Boadmyel —dijo Elizael y Body se volteó—. ¿Podemos hablar?

—Sí, claro.

Ambos se sentaron en las rocas de la cascada. Elizael respiró profundo como si tomara fuerzas para poder hablar de algo importante.

—¿Estas purificándote?

—Sí, necesito concentrarme y centrar mi magia.

—¿Centrar tu magia o tus sentimientos? —preguntó con suspicacia.

Body miró seriamente a su hermano.

—¿Qué insinúas Elizael?

—Te vi con el Fénix cuando te buscaba hace un rato.

—Sabrina estaba muy angustiada...

—Estás muy ligado a ella. Sabes que puede ser peligroso.

—Lo sé, sé cuál es... ya lo he dicho bastante. No pretendo nada con ella.

—¿Entonces no te molestaría si la cortejo?

—¡Qué! —exclamó Body asombrado por la pregunta. Al darse cuenta de su reacción, cambió su expresión—. Eres uno de los marcados. Debes cortejarla.

—Entonces, no te opones. ¿Soportarías verla como mi esposa?

—Si resulta de esa manera, los protegeré a ambos.

Sabrina había caído en un profundo sueño. Veía un mundo que no conocía, ángeles, demonios luchando unos contra otros y dragones batallando. Vio a sus amigos en plena lucha que la miraban gritándole: "¿Qué esperas? ¡Lucha!". Vio a su madre caer en batalla, Mathew sosteniendo a Amy muerta en sus brazos. Tamish convertido en dragón siendo atacado por otro que le destrozaba el cuello. Vio a Body gritarle, "Sabrina despierta". Una flecha traspasó el pecho de Body frente a ella y cayó de rodillas. Por sus venas comenzó a correr un color negro que se extendió por su cuerpo hasta que transformó sus ojos completamente en negros. Sabrina despertó de golpe toda sudorosa.

Body se notaba preocupado mientras hablaba con su hermano. Podía sentir en su interior miedo y desesperación. Sabía que algo le pasaba a Sabrina.

—Estas fortaleciendo el lazo con el Fénix Boadmyel. Es notable... como ahora.

Body intentaba relajarse y observó a su hermano.

—Por eso estoy purificándome Elizael. Entiendo mi posición y la de ustedes, solo que a veces es difícil no sentir...

—¿Preocupación? Entiendo. Solo intenta controlarte hasta que el lazo se rompa. Siendo honesto, me interesa la Fénix...

—Sabrina. No le gusta que le digan la Fénix.

—Gracias por el consejo. Completa tu purificación y haz tu mejor esfuerzo, yo haré el mío.

Elizael se levantó saludando a su hermano al estilo militar y volando desapareció de la vista de su hermano. Body observó nuevamente en dirección al campamento, sacudió su cabeza y entró a la cascada a meditar.

A la mañana siguiente Sabrina salió de la cabaña con la intención de hablar con Andrew y agradecerle por lo de la noche anterior, pero se topó con Tamish y Einar que la esperaban justo frente a su cabaña.

—Buenos días princesa ¿cómo se siente hoy? —saludó Einar sonriente.

—Buenos días... —dijo entre bostezos—, estoy bien.

—¿No dormiste bien? —Tamish se notaba preocupado al ver el rostro cansado de su hermana.

—Todo está bien. ¿Qué tendremos hoy? —preguntó Sabrina.

—Pues hoy te enseñaremos a pelear, como lo hacemos en una batalla —dijo Einar.

—¿Podré verlos en su forma de dragón? —preguntó Sabrina con entusiasmo.

—Sí, pero no será bonito...

—Creo que será en la tarde caballeros. Ahora es mi turno de entrenarla —dijo Elizael interrumpiendo a Einar extendiendo sus enormes alas.

—Ah cierto, lo siento hermano —dijo Einar mirando a Elizael —. Pues te veremos en la tarde princesa.

—Claro —dijo Sabrina tomando la mano de Elizael quien se la había ofrecido—. Y bien maestro ¿qué me enseñará hoy?

—Hoy le enseñaré a controlar el aire, ese es nuestro elemento —dijo Elizael.

—Bien ¿Por dónde comenzamos?

—Tendré que llevarla en brazos, princesa.

—¡Qué! ¿Por qué? —reaccionó Sabrina.

—Para que pueda controlar el viento tenemos que estar en el punto más alto y si vamos caminando tardaríamos medio día en llegar. Sin ofender.

—Oh, ya veo… pues adelante. No te atrevas a soltarme —ordenó Sabrina sonriendo.

—Jamás haría tal cosa —puso un brazo en la espalda de Sabrina y el otro debajo de las rodillas.

Al ser levantada casi de súbito por el fornido sieger, se sobresaltó dejando escapar un grito. Era más bien un chillido que provocó la risa de Elizael. Sabrina le dio un codazo y él se detuvo.

—Lo siento princesa es que se escuchó muy adorable —dijo la personificación de Thor esbozando una brillante sonrisa observándola directo a los ojos.

Sabrina se sonrojó ante la mirada intrigante de Elizael quien alzó el vuelo con ella en brazos haciéndola aferrarse a su cuello sin abrir los ojos. Elizael aprovechó la oportunidad para acercarla más hacia él.

—Vamos princesa abra los ojos ¿no le tendrá miedo a las alturas? ¿Cierto? —dijo volando por encima de los árboles.

Sabrina abrió un ojo y luego el otro pero sin moverse de donde se estaba aferrando. Quedó sorprendida al ver la hermosura de ese lugar. Sentía tanta adrenalina recorrer su cuerpo que se le escapó un grito de alegría.

—¡Nunca pensé que fuera tan hermoso! Podría acostumbrarme a esto de volar —dijo soltándose un poco del cuello del sieger.

Elizael llegó a la cima de una de las montañas y comenzó a

descender soltándola hasta que sus pies tocaron suelo. No podía creer la hermosa vista que desde allí se admiraba.

—¿Sabes algo? Te envidio. Puedes volar y ver esta hermosa vista todo el tiempo. Es increíble.

—Paciencia, también podrá volar con el tiempo... y práctica.

—¿En serio?

—Cuando haya aprendido a manejar el aire le enseñaré a manifestar sus propias alas, recuerde que es un Fénix —cuando ella lo escuchó decir "Fénix" enarcó una ceja en desagrado—. ¡Ah sí, lo olvidaba!, no le gusta que le digan Fénix. Le ofrezco mis disculpas.

—Gracias, pero... me has dejado sin palabras. ¿Podré volar? Fuera de bromas... ¿Podré hacerlo?

—Sí, ahora comencemos con lo básico. Cierre sus ojos y respire hondo. Sienta el aire cómo la rodea, cómo entra en sus pulmones cada vez que respira. Todos los elementos tienen un color peculiar. Si logra verlo, lo controlará sin dudarlo. Es parte de usted, de mí, de todos.

—Pero, ¿cómo lo voy a ver? si tengo los ojos cerrados —preguntó Sabrina.

—Simple, con su tercer ojo —dijo Elizael como si estuviera hablando de algo cotidiano.

—¿Tercer ojo? —abrió los ojos de golpe incrédula.

—Sí, el ojo interno, es un concepto místico que le permite ver más allá de lo que está a simple vista. Como la energía, el aura y los elementos.

—Oh, ya comprendo...bien lo intentaré de nuevo —dijo Sabrina cerrando una vez más los ojos y concentrándose.

Elizael la observaba con detenimiento pensando «Ya veo por qué mi hermano esta tan ligado a ella, es muy hermosa y especial. Creo que ni ella misma se ha dado cuenta». Sabrina respiró hondo nuevamente frunciendo el entrecejo. Elizael se colocó tras ella poniendo sus manos en los hombros.

—No lo fuerce, recuerde que es parte de usted —dijo sutilmente cerca de su oído.

Al escuchar la voz de Elizael tan cerca sintió como su cuerpo se calentaba y pensó «De seguro debo estar sonrojada». Una vez más intentó relajarse y comenzó a sentir el viento pasar por su cabello acariciando su rostro. El aire estaba en todas partes, se sorprendió al visualizarlo sin abrir los ojos.

—¡Lo veo! Tienes razón, su color es hermoso. Es como un azul pero a su vez tiene un matiz peculiar.

—Excelente. Ahora llámelo hacia usted. Encomiéndele que haga algo, que levante una rama, una piedra.

—Eee...

—No con palabras, con su esencia —interrumpió.

Ella volvió a concentrarse y con todas las fuerzas de su ser llamó al aire hacia ella. Todo su cuerpo se sentía ligero. Su cabello flotaba y veía como los colores bailaban alrededor de ella. Encomendó al aire levantar una rama que estaba en el suelo y llevarla hacia ella. Cuando agarró la rama abrió los ojos y físicamente la vio en sus manos. Comenzó a saltar de alegría por el logro de su práctica mientras decía.

—¡Lo hice, Elizael lo hice!

—¡Adoro ver esa sonrisa en tu rostro Sabrina! —dijo Elizael mirándola con detenimiento y cambiando la formalidad de sus palabras.

Ella se sonrojó y bajó la mirada al escuchar su voz varonil. La voz de este "Thor" le había erizado la piel ahora que la tuteaba. Aunque se sorprendió, no le molestaba en lo absoluto que esta creación del Valhalla se fijara en ella y le hablara con esa sutileza que rayaba en la sensualidad. Él se sonrió de manera pícara al ver la reacción en ella a lo que aclaró su garganta y le dijo:

—¿Estas lista para el combate con tu hermano?

—¿Qué? ¿Ya?... digo, ¡Claro!, lo haré pedazos —dijo Sabrina sonriendo tímidamente despertando de su letargo.

—Seguro mi pequeña Fénix, ¿Lista para volver a volar? —dijo extendiendo su mano.

—¡Yes sir!

Sabrina saltó a los brazos de Elizael provocándole una risa sorpresiva. La agarró fuertemente y levantó el vuelo. Einar y Tamish estaban en el centro del campamento esperando a que ella llegara, cuando del cielo descendió Elizael con Sabrina en sus brazos. Bajó de los brazos del sieger sin antes darle las gracias. Elizael hizo una reverencia cordial mientras le guiñaba un ojo.

—Gracias, de veras me encantó volar. Estaré ansiosa esperando por nuestro segundo entrenamiento.

—Será un gran honor mi princesa —respondió Elizael.

Einar, Tamish y Harald, que había llegado en ese instante, estaban atónitos al ver a Sabrina tan entusiasmada con el sieger y más aún al oírla decir que esperaba con ansias su segundo encuentro. Elizael guiñó un ojo a sus rivales cuando Sabrina volteó hacia ellos. Andrew llegó hasta donde se encontraban los príncipes y sonriendo dijo.

—¿Me perdí de algo? se ven graciosos.

—¡Andrew! Necesito hablar contigo sobre... algo de mi entrenamiento pasado —dijo Sabrina buscando una excusa para agradecerle por guardar en secreto lo sucedido la noche anterior.

—Claro, caminemos un rato todavía tienes tiempo —dijo Andrew señalando el camino.

Cuando salieron de la vista de los príncipes, Einar miró a Elizael con cautela y le inquirió.

—¿Qué trampa hiciste para que esté así de entusiasmada?

—Mi encanto natural —dijo sonriendo complacientemente.

—Ese es mi dicho casanova —dijo Einar cruzando los brazos.

—Ustedes van más allá. No puedo quedarme atrás. Iré a preparar mi próximo entrenamiento —dijo Harald marchándose hacia la cabaña.

Tamish observó las miradas del mächtig y el sieger como si estuvieran por enfrentarse en una competencia y poniendo su brazo en el hombro de Einar dijo.

—¿Pensé que habías dicho que ya no podías ver a mi hermana como una mujer, en el sentido romántico?

Einar miró a Tamish atónito y le hizo seña para que se callara. Elizael se acercó más y como si hubiera ganado la competencia dijo esbozando una amplia sonrisa.

—Muy interesante la información, uno menos en nuestra contienda. ¡Suerte con el entrenamiento! —dijo alzando el vuelo hasta desaparecer por las nubes.

—¡Tamish! —gritó Einar molesto.

—Tú fuiste quien lo dijo.

—Sí, pero no quiero que me echen a menos. Soy muy competitivo y lo sabes. Darles un susto de vez en cuando me hacía sentir importante.

Mathew había escuchado la plática de los príncipes con Tamish. No podía creer que trataran a Sabrina de esa forma. Decir que la entrenaban era una cosa, pero ¡ocultar el hecho que querían desposarla! ¡Comprometerla sin su consentimiento! Mathew estaba muy molesto. Estas costumbres de Égoreo le resultaban estúpidas para una raza que decía ser más evolucionada. Llegó hasta donde Amy y lanzó al suelo los leños que llevaba. Amy lo miró extrañada y observó en él una mirada de seriedad.

—¿Cuándo me dirías la verdad sobre los "Príncipes"?

—¿De qué hablas? Están aquí para entrenarla.

—¡Están aquí para enamorarla! —exclamó Mathew seriamente sin quitar la vista de sus ojos exigiendo una explicación.

Sabrina caminaba con Andrew por el bosque.

—Quería darle las gracias príncipe Andrew.

—¿Por qué?, aún no ha tocado mis orejas por las que tenía tanta curiosidad.

Sabrina comenzó a reír por lo dicho del príncipe elfo y luego aclaró su garganta.

—No es eso, Amy me dijo que usted abogó para que me dejaran a solas anoche. Sé que usted vio que estaba alterada y asumo que vio a mi guardián apoyándome.

Andrew respiró hondo y dejó soltar el aire de golpe, miró a Sabrina y le dijo.

—Milady perdone la pregunta que le haré. ¿Qué relación tiene usted con su guardián? Nuevamente disculpe si he sido atrevido.

La pregunta la tomó por sorpresa y se detuvo para mirarlo fijamente.

—Es solo mi guardián, somos amigos por así decirlo.

—Entonces no le han explicado.

—Explicarme qué.

—¿No se ha sentido extraña, con sentimientos que no son suyos?

Sabrina quedó asombrada por la pregunta y comenzó a pensar en una respuesta.

—Sí... ahora que lo pienso me ha pasado.

—En la batalla entre el sieger y el humano, su guardián resultó herido. Sin embargo usted sintió en su brazo un profundo dolor. ¿No se ha preguntado por qué?

—No sabía que Body había sido lastimado. Pero sería muy raro que yo sintiera el dolor de la herida —pensó Sabrina en voz alta y luego dirigió su mirada hacia el príncipe elfo quien la observaba intensamente—. Si tienes contestación a esto dímelo príncipe Andrew. No me gusta que me oculten cosas y menos cosas importantes.

—No me siento bien en ocultarle la verdad, pero necesita saberlo o su vida y la vida del sieger estará en peligro.

Sabrina tuvo un recuerdo fugaz de su pesadilla. Recordó a Body siendo herido y el veneno corriendo por sus venas hasta llegar a los ojos tornándolos negros.

—Por favor dime ya ¿qué está sucediendo?

—De alguna manera usted y el sieger se han ligado.

—¿Qué?

—Es por eso que comparten sentimientos y esto los hace más vulnerables en batalla.

Sabrina estaba confundida y atónita a la vez. No comprendía lo que estaba oyendo del príncipe elfo.

—¿Estás diciendo que estoy atada como si estuviera conectada a él?

—Lo siento, pero sí, es así mismo como usted piensa. El riesgo de esto es que la pone en peligro a usted y a él.

—¿Cómo?... no entiendo.

—No sé qué le habrán explicado de nosotros los príncipes. ¿Para qué hemos venido?

—¿Para entrenarme?

—Eso es parte de nuestra misión, la otra parte es cortejarla.

—¿Qué...cómo...?

—Por favor no lo tome a mal, permítame explicarle. Se supone que en su tiempo los que hayamos sido marcados —dijo Andrew enseñando la marca en forma de un árbol en su antebrazo, muy parecida a la del árbol de la vida—. Somos los elegidos para desposar al Fénix. Pero al surgir la unión con su guardián, hemos tenido que empezar antes de lo previsto. Y la razón de esto es por su seguridad y la del sieger. No deben permanecer cerca el uno del otro...

—¿Por eso él me está evadiendo?

—Está haciendo lo que le corresponde. Él no está marcado, y la marca es como un sello de protección. La magia que se genera del vínculo es muy poderosa para que un no marcado la resista. Es por esto que podrían morir si el lazo se intensifica.

Sabrina sentía un tornado de emociones al unísono. Estaba atónita con toda la información recibida. No sabía qué pensar, qué decir. Se sentía traicionada por este mundo que supuestamente era su "hogar". Nadie se había siquiera molestado en explicarle algo tan importante. ¡¿Querer casarla?! Con una guerra tan importante de por medio, o sea un mundo dependía de ella, eso le decían y ¿estaban pensando en buscarle novio?... No peor aún, ¿un esposo?

—Lamento ser yo quien le dé la noticia, pero me siento cercano a usted de cierta manera y no puedo ocultarle algo tan crucial para su seguridad y la del sieger.

—Gracias... ahora podrías... necesito digerir toda la información. Necesito estar a solas.

—Claro...Sabrina, no dude en venir a mí de sentirse perdida o confundida. Quiero poder ser un hombre en el que pueda sujetarse y alguien que le brinde confianza.

—Ya lo has hecho Andrew y te lo agradezco. Siempre serás un amigo de confianza para mí.

Andrew se quedó sin respirar por un segundo y luego bajó la cabeza haciendo una reverencia retirándose del lugar. Sabrina comenzó a caminar sin rumbo hasta oír voces. Mathew y Amy discutían. Al escuchar su nombre se acercó sin ser vista.

—¿Y cuándo pensaban decirle? —gritaba Mathew molesto.

—No entiendes Mathew. Sabrina no está preparada, podría salir de control.

—¡¿Pero mentirle?! No estoy de acuerdo. ¡Me rehuso a seguir con esto! Me han hecho a un lado por ser un simple humano...

—No eres un simple humano Mathew.

—Para todos ustedes no valgo nada, pero defenderé a Sabrina...

—Sé que la amas...

—¡Maldita sea! —gritó Mathew en frustración—. Ya te lo he dicho Amy. El amor que le tengo es de hermanos. Sabrina es como una hermana preciada para mí. Siento que está en mí deber protegerla como su hermano mayor.

—¿Y ella lo sabe? ¿Le has dicho?

—Ya se lo he dicho, a quien amo como mujer es a ti. Pero no puedo dejar a Sabrina en tinieblas, debe saber.

—Tienes razón —dijo Amy bajando la cabeza.

Sabrina no sabía qué pensar, tanta información, secretos, peligros en su cabeza. Sentía que se estaba volviendo loca. Ahora lo había oído de los labios de Mat. Amaba a Amy y se lo había dicho. Sentía una frustración y solo encontraba una manera para desahogarse. Llegó al centro del campamento donde la esperaban Einar y Tamish para practicar. Ellos la recibieron sonrientes.

—Princesa podemos comenzar... —Tamish y Einar se quedaron asombrados al ver a Sabrina pasarles por el lado mientras decía.

—¿Empezamos? —dijo finalmente colocándose frente a ellos como si se preparara para una pelea de boxeo.

—¿Te encuentras bien? —preguntó Tamish.

—Sí, de maravilla. Lista para dejar salir mi poder. Vamos, transfórmense.

Tamish y Einar se miraron el uno al otro sonriendo. Luego dirigieron la mirada hacia Sabrina y Tamish comenzó a transformarse. Tras los primeros rugidos de dragón Harald, Caleb y Rubí salieron de sus cabañas. Andrew, Mathew, Amy y Elizael llegaron unos minutos más tarde.

El dragón le lanzaba fuego a Sabrina quien lo detenía levantando una columna de tierra frente a ella. Levantó una roca lanzándola contra Einar quien hizo aparecer una espada cortándola por la mitad.

—¿Eso es todo lo que tienes? ¡Impresióname princesa! —provocó Einar respaldado por el rugido del dragón.

Sabrina levantó otra roca y la volvió lava lanzándola nuevamente a Einar, pero esta vez su espada se derritió al contacto con la lava. Creó un torbellino atrapando dentro al dragón. Einar se lanzó para luchar cuerpo a cuerpo con Sabrina. Fugazmente recordó su entrenamiento de jiu jitsu y lo puso en práctica con Einar. Utilizando el mismo peso de él lo lanzó al suelo. Con un movimiento de manos hizo que la misma tierra lo envolviera inmovilizándolo.

—Ha mejorado notablemente sus habilidades de combate —dijo Caleb.

—Hay algo en su semblante que me preocupa —mencionó Mathew mirando la batalla.

Todos prestaron atención al rostro de Sabrina y observaron que sus ojos comenzaban a cambiar a un color púrpura. El dragón salió de su prisión y con sus garras la tomó por los brazos y la elevó al cielo. Einar se escapó de la tierra y dio un salto justo cuando el dragón soltó a Sabrina aprisionándola con sus brazos por la espalda. Llegaron hasta el suelo y Sabrina trataba de zafarse de los brazos de Einar, pero la presión era muy fuerte y solo movía las piernas en el aire. Tamish descendió volviendo a su forma humana.

—¡Sí así de fácil es vencerte de nada ha servido lo que te hemos enseñado! —gritó.

—No seas tan fuerte con ella, lo ha hecho muy bien —dijo Einar aflojando sus brazos.

—¡No te atrevas a soltarla! Tenemos poco tiempo y el pretender que estamos jugando nos pondrá en peligro a todos —dijo Tamish a Einar y luego dirigió la mirada a Sabrina—. Tú eres el Fénix, demuéstralo.

Sabrina recordaba todo lo que Andrew le dijo sobre poner a Body en peligro y su pesadilla volvió a hacerse presente ante ella como una visión. Dragones, ángeles, magos, todos heridos, Amy muerta en los brazos de Mathew. Su visión desapareció y ahora recordaba la discusión que escuchó de Amy con Mathew "Ya te lo he dicho Amy, Sabrina es como una hermana para mí. A la que amo como mujer es a ti" y luego a su mente llegó la imagen de Body con la flecha en su pecho y sus ojos negros. Las imágenes y las palabras de Andrew, Mathew y Tamish se repetían una y otra vez sin parar.

Body se encontraba bajo el agua de la cascada meditando mientras a lo lejos se escuchaba la lucha de Sabrina con el dragón. El sieger llevaba una lucha fuerte en su interior ya que podía percibir los sentimientos de confusión, ira y desesperación de Sabrina. Inhalaba y exhalaba profundamente tratando de desviar sus pensamientos de la lucha que se llevaba en el campamento. Volvía y respiraba profundamente tratando de no sentir el desespero de Sabrina hasta que una fuerte explosión proveniente del campamento lo obligó a moverse de allí.

—¡Rayos! ¿Por qué me la ponen difícil? —dijo Body levantando el vuelo.

Einar comenzaba a sentir los brazos calentarse hasta el punto de quemarse. Una explosión fuerte salió del cuerpo de Sabrina como si hubiera emanado un campo de energía. Einar y Tamish salieron volando expulsados por ese mismo campo de energía que salió de ella. Había salido de control, sus ojos ya se habían tornado a un intenso color rojo y su cuerpo se estaba cubriendo en llamas. Tamish y Einar no podían creer lo que sucedía frente a ellos.

—Esto es peor que la vez pasada —dijo Mathew preocupado.

—¿Ya había pasado anteriormente? —preguntó Harald.

—Sí y Body fue el único que la pudo controlar —respondió Amy

En ese instante todos los elementos comenzaron a salirse de control. Caleb miraba asombrado.

—Pues no podemos dejar que suceda otra vez —gritó.

—¿Que podemos hacer? —preguntó Harald.

—Tenemos que intentar suprimir su magia —dijo Caleb avanzando hacia Sabrina.

Harald hizo aparecer su báculo y lanzó un rayo contra Sabrina quien a su vez levantó su mano deteniendo el rayo sin ninguna expresión en su rostro. Ahora era todo su poder controlando su cuerpo y no permitiría que se le acercaran. Todos los príncipes comenzaron a utilizar sus poderes para usar sus elementos en contra del Fénix, pero el poder que la controlaba revirtió la magia hacia ellos. Elizael fue envuelto en un torbellino de viento, Andrew estaba siendo tragado por la tierra, Harald, Caleb y Amy fueron envueltos por burbujas de agua que los ahogaba adentro. Mathew y Rubí corrieron a ayudar a Tamish y a Einar pero quedaron atrapados por unas columnas de fuego y lo mismo pasó con los mächtig. Un campo de energía comenzó a formarse alrededor de Sabrina lanzando rayos en todas las direcciones. Su cuerpo comenzó a emanar destellos tratando de convertirla en un fénix. En ese preciso instante Body llegó y logró divisar sombras alrededor del campo de energía de Sabrina. Al observar con detenimiento escuchó voces tenues provenientes de las sombras. "Si no luchas morirán; De nada valió entrenarte; Solo el Creador sabe por qué nos ha enviado al Fénix sin conocimiento; Aún contigo, Égoreo está perdido". Body se lanzó con espada en mano e hizo que las sombras huyeran.

Observó la escena que lo rodeaba y vio a los gelehrt a punto de ahogarse, a los mächtig atrapados por el fuego y del zauberer que solo le quedaba su mano fuera de la tierra. Su hermano se estaba quedando sin aire dentro del torbellino. Aún con el campo de energía, Body podía sentir el tumulto de emociones dentro de Sabrina y pensó «Si puedo sentir sus sentimientos quizás pueda acercarme a ella». Comenzó a descender tratando de penetrar el campo de energía teniendo buenos resultados. El mismo se abrió dejándolo pasar hasta llegar a ella. Tomó a Sabrina por los hombros y la volteó hacia él sorprendiéndose cuando vio su rostro. Sus ojos eran dos brazas de fuego y su cabello se estaba convirtiendo en llamas.

—¡Sabrina despierta! No estás sola, sé lo que sientes y puedes controlarlo. Estoy contigo, hagamos esto juntos. Mírame, mira mis ojos. No voy a dejarte. Puedes controlarlo, busca la magia en ti.

El rostro de Sabrina por fin reflejó una expresión, el miedo.

—No tengas miedo recuerda que el miedo paraliza y debes dejar fluir tus sentimientos como las aguas del río. Te suplico que me mires, por favor no quiero perderte —la voz suplicante de Body resonó en su interior y comenzó a hacer efecto en ella.

Sabrina poco a poco comenzó a despertar de su trance y sus ojos fueron volviendo a un color púrpura. Logró por fin ver a Body frente a ella y sus sentimientos se fueron calmando. Ya no lo veía herido ni consumido por el veneno. Sus ojos color índigo volvían a resplandecer frente ella.

—Body —dijo Sabrina casi en un susurro.

—¿Ves? Estoy aquí, soy tu guardián y no voy a dejarte —dijo sonriendo dulcemente acariciando su rostro.

Poco a poco la magia fue volviendo a su lugar. Las columnas que tenían atrapado a los mächtig fueron desvaneciéndose, las burbujas de agua y el torbellino de viento se disiparon dejando caer al sieger y a los gelehrt. La tierra que se había tragado al zauberer se abrió dejándolo salir. Caleb ayudó a Amy y a Rubí a levantarse y luego miró hacia donde estaba el campo de fuerza. El mismo, se estaba desvaneciendo dejando a la vista a Body con Sabrina en los brazos. Tamish llegó corriendo donde se encontraba el sieger con su hermana.

—¿Cómo se encuentra? —preguntó preocupado.

—Solo está agotada porque consumió su energía —dijo Body entregándole a Sabrina.

—Pensé que el vínculo no era tan fuerte —dijo Caleb en voz baja—. Pero me he equivocado. Sabrina no podrá ser el Fénix sin su guardián.

—No entiendo lo que dice sabio Caleb —expresó Harald confundido.

—Significa que tendremos que buscar otra manera de romper el lazo. Deben ser más persistentes y lograr formar otro lazo de afecto con ella o todo estará perdido.

SANACIÓN

*A*ndrew cayó al suelo luego de ser empujado por Einar.

—¡¿Qué le dijiste?!

—¿De qué estás hablando mächtig? —preguntó Andrew comenzando a levantarse.

—Tú fuiste quien habló con ella antes del entrenamiento. Llegó enojada y tensa. ¿Qué le dijiste? —exigió Einar alzando la voz.

Harald detuvo a Einar que estaba a punto de lanzarle fuego a Andrew.

—Calma, se supone que son príncipes ¿lo olvidan?

—Debía saber la verdad —dijo Andrew ya puesto de pie.

Einar se dirigía a él con intenciones de golpearlo pero Elizael intervino colocándose en medio de ambos y mirando fijamente al príncipe elfo lo enfrentó.

—¿Qué dijiste?

—Que merecía saber la verdad.

—¿Viste de lo que es capaz? ¡No controla sus poderes todavía! —dijo Elizael alzando la voz.

—¡Nunca imaginé que desatara algo así, estaba agradecida de que le dijera la verdad!

—Aun así tomaste ventaja de la situación. ¿Crees que por decirle te hará más cercano a ella? —preguntó Harald.

—¡Ya! Ahora todos están en contra mía solo por ser honesto. Le he tomado cariño y no quiero mentirle.

—Todos le hemos tomado cariño condenado elfo —decía Einar y Harald le golpeó el hombro con su báculo haciendo una negativa con la cabeza—. Andrew... con Sabrina es fácil interactuar y creo que todos sentimos igual, pero había que medir todas las variables.

—De nada vale discutir entre nosotros ahora –dijo Elizael—. Ya ella sabe la razón por la que hemos llegado.

—Sí. Tenemos que actuar y romper el lazo con el sieg... — Andrew fue interrumpido por la mirada fulminante de Elizael.

—Caleb dijo que teníamos que actuar y crear un vínculo con ella. Andrew tiene razón en eso, hay que romper el vínculo con Boadmyel o todo estará perdido —dijo Harald en un tono conciliador.

—Aun así creo que lo hiciste mal. Pudo haber matado a alguien y entonces qué. ¿Cómo crees que ella se sentiría? —dijo Einar alejándose del lugar con Harald.

Elizael se quedó mirando fijamente a Andrew quien se disculpó.

—Me disculpo. Intentaré tratar a tu hermano por su nombre cuando me refiera a él.

—No es eso...

—¿Entonces?

—No sé... algo en ti ha cambiado.

—Conocí al Fénix y quiero luchar por ella.

—No seas muy egoísta Andrew, tampoco ambicioso, te bloqueará —dijo Elizael y alzó vuelo dejando a Andrew solo.

Andrew salió corriendo por el bosque hasta llegar a un tramo cerca del río. Con un movimiento de manos hizo que la tierra se abriera desviando un poco el agua y creando un pozo con ramas y hojas. Respiraba agitadamente y comenzó a verse en el reflejo del agua. Vio sus ojos tornarse negros y asustado rápido tomó agua para lavarse la cara. Del suelo salió una raíz de mandrágora hasta llegar a su mano donde la tomó y la masticaba opacando un leve gemido que salía de ella. Miró nuevamente su reflejo y vio como sus ojos volvieron a tornarse color mar. "Nadie debe darse cuenta, nadie debe darse cuenta" repetía para sus adentros. Nuevamente hizo un gesto con sus manos, pero esta vez de manera violenta y el pozo quedó seco y destrozado.

Einar y Harald caminaban en círculos por el campamento. Einar quería opacar su molestia con aquel elfo que le había perturbado su calmada y despreocupada forma de ser. Amy se topó con ellos y en su semblante se notaba preocupación.

—¡Hola Amy! —saludó Harald cordialmente—. ¿Qué sucede?

—Tenemos que hablar. Escuché su discusión con Andrew y creo que hay otra razón de peso para lo que pasó durante el entrenamiento.

—¿Qué sucedió? —preguntaron Einar y Harald a la vez.

—Mathew y yo teníamos una discusión sobre eso mismo, su presencia en esta dimensión. Mathew quería decirle pero yo le dije que no. Estaba un poco triste por su forma sobreprotectora y...

—Mathew confesó su amor por ti frente a ella —dijo Einar terminando la oración de Amy.

—¿Qué?, ¿Frente a ella? —dijo Harald.

—¡Claro que no Harald!, Sabrina los vio a escondidas —dijo Einar.

—La vi cuando se retiraba. No dije nada a Mathew para no alterarlo. Quería hablar con ella pero ya su lucha había comenzado —dijo Amy.

—No se preocupe Amy. Yo me haré cargo de esto. Sabrina controlará sus poderes. Al menos ahora sabemos cuánto poder tiene —dijo Einar colocando su mano en su barbilla de manera pensativa.

Sabrina despertó con un fuerte dolor de cabeza y adolorida mirando a todos lados se dio cuenta que se encontraba en la cabaña. Vio que Rubí estaba dormida agarrando su mano. Sabrina la observó con ternura y pensó: «Se ha estado preocupando por mí» Por primera vez la vio como madre y no como una persona más. Rubí despertó al sentir el movimiento de la mano de Sabrina.

—Gracias al Creador estás bien —dijo en un suspiro de alivio.

—¿Qué sucedió? Solo recuerdo que... estaba luchando y luego los ojos de Bod... —Sabrina se detuvo y no dijo nada más.

—Tus poderes se salieron de control y nadie pudo hacer nada. Al escuchar a Rubí se cubrió la boca con las manos mirándola con una expresión de terror. Rubí le tomó una de las manos y le dijo:

—Todos están bien. No pasó nada, tu protector llegó en el momento exacto y pudo ayudarte a controlar tus poderes.

—¿Body? ¿Estás segura que no le hice daño a nadie? —preguntó asustada.

—No, tal como te dije, todos están bien —aseguró Rubí.

Sabrina quería cerciorarse de que nadie estuviera lastimado por su culpa. Comenzó a levantarse pero Rubí la detuvo haciéndola recostar en la cama nuevamente.

—Necesitas descansar. Ya es tarde, mañana verás a todos y continuarás con tu entrenamiento. ¿Entendido?

Sabrina se sonrojó y comenzó a reír a lo que Rubí la miró extrañada.

¿Acaso dije algo gracioso?

—No. Lo siento Rubí es que te escuchaste como una madre regañona —dijo cesando su risa.

—No quise…

—No te preocupes —interrumpió a Rubí acomodándose en la cama.

—De acuerdo —contestó pasando su mano por la frente de su hija y sonriendo comenzó a retirarse, pero Sabrina la detuvo tomándola de la mano.

—¿Puedes quedarte un poco más conmigo? Solo hasta que me duerma, no quiero estar sola.

—Claro amor no me alejaré de tu lado nunca más —dijo sentándose nuevamente.

Body se encontraba en la entrada del bosque a punto de alzar vuelo cuando vio a Andrew llegar al campamento. Tuvo un recuerdo fugaz de la memoria de Sabrina. Recordó a Andrew frente a ella advirtiéndole del peligro de estar ligada al sieger. Tomó la decisión de enfrentar al príncipe elfo, pero su hermano Elizael llegó en ese preciso momento deteniéndolo.

—Conozco esa mirada, deja al elfo en paz —dijo Elizael.

—Tengo que aclarar algo con él —contestó Body caminando hacia el campamento con los puños apretados.

Elizael lo detuvo por una de sus alas y le dijo seriamente.

—Ya arreglamos esas cuentas.

—¿Quiénes "arreglamos"?

—Ya sabes Boadmyel, los que fuimos marcados. No intervengas más.

—¡Yo soy su guardián! Es mi deber velar por su seguridad y lo que hizo el elfo no fue por su bien.

—No sigas fortaleciendo el vínculo.

—No me entiendes Elizael.

—No quieres aceptar que ya estás muy unido a ella. Y aunque pudiste controlarla hoy, el unirse más los pondrá en peligro a los dos cuando llegue la verdadera batalla.

—No quiero escuchar más de lo mismo —dijo alzando el vuelo alejándose del lugar.

—¡Boadmyel...

—Déjalo solo Elizael —dijo Caleb cuando el sieger se disponía a seguir a su hermano—. Debe meditar y entenderá que estar cerca de ella solo será peor.

—Hasta yo estoy dudando sabio. Vio cómo pudo controlarla. Ninguno de nosotros pudo acercarse, ni siquiera usted.

Caleb respiró hondo y mirando hacia el firmamento dijo tras un suspiro.

—¿Qué planes tienes Creador? Porque no entiendo y se nos agota el tiempo.

—¡Cuánto desearía que él fuera el marcado y no yo! Todo sería más fácil, aunque tengo que admitir que si no fuera por él, lucharía por ella.

—¿Qué dices Elizael? Tú eres el elegido de tu clan. No dudes sobre tu destino.

—Un destino que no me pertenecía. Solo pensaba en voz alta. Que tenga buenas noches.

—Buenas noches.

Ambos se despidieron y se dirigieron a sus respectivas cabañas.

Al día siguiente Einar despertó a Sabrina tocando a la puerta de su cabaña.

—Buenos días princesa.

—Pensé que le tocaba a Harald entrenarme.

—Me has herido el corazón —dijo haciendo un gesto de recibir una puñalada en el pecho y luego comenzó a reír.

—Ja Ja —dijo desganada—. Muy gracioso ¿Ya nos vamos?

—Recuerda que ayer se interrumpió nuestro entrenamiento…

—… cierto —dijo en voz baja recordando lo que había pasado.

—Pero no hay de qué preocuparse princesa. Vamos a sentarnos.

Einar y Sabrina se sentaron frente a la cabaña.

—¿Qué haremos aquí?

—Shshsh, mira hacia el frente.

—¿Hacia el bosque?

—No, el bosque está a cuarenta y cinco grados, mira hacia el frente. ¿Qué ves?

—A Mathew recogiendo leña.

—Sí, enfócate en él. Trata de escuchar lo que piensa.

Sabrina dirigió su mirada a Einar confundida.

—Solo busca la magia en tu interior, ya sabes qué hacer. Todos te hemos enseñado.

—Sí pero ¿cómo voy a escuchar sus pensamientos?

—Enfocándote, vamos inténtalo. Deja fluir tu magia.

Sabrina cerró los ojos y enfocó toda su atención en Mathew. Sintió su cuerpo calentarse y su mente ampliarse. Siguió concentrándose, cuando de repente escuchó a Mathew claramente en su cabeza y se sobresaltó abriendo los ojos en asombro. Einar la miró diciéndole.

—Bien, ahora enfócate en lo que dice.

Mathew colocó un tronco en el suelo y dirigió su mirada hacia una dirección. Sabrina escuchó sus pensamientos «¡Cómo he podido ser tan afortunado en ser correspondido por el amor de mi vida!». Sabrina sintió el amor profundo que emanaba de sus pensamientos al mirar a Amy quien se acercaba hacia él sonriendo. «El

55

Creador me bendijo también con una hermana en común por quien ambos estamos dispuestos a dar la vida». Los ojos de Sabrina se humedecieron al escuchar a Mathew.

—¿Por esto me estabas entrenando hoy? ¿Ya lo habías leído cierto? —preguntó Sabrina a Einar.

—Sí. Pensé que necesitabas oírlo por ti misma. Ahora sí, puedes abandonarme e ir con Harald —dijo como si fuera a llorar.

—Gracias Einar —dijo Sabrina con dulzura lanzándose hacia él dándole un abrazo espontáneo.

Al separarse, Einar se quedó observando a Sabrina. Vio sus ojos verdes e intentó adentrarse en ellos cuando vio a la pequeña Sabrina una vez más frente a él, riendo como un bebé. Despertó de su visión y mirando hacia el lado opuesto masculló mientras cerraba el puño.

—¡Maldito Tamish!

—¿Qué sucede con Tamish?

—Sabrina —dijo Einar tras un suspiro de impotencia—. Sabes la razón de nuestra presencia además de entrenarte ¿cierto?

—Siiiiii…

—Bueno pues yo…

—¡Ay no te preocupes Einar!, yo tampoco te veo como un hombre —Einar abrió los ojos grandes en asombro—. Digo… eso no se oyó bien, no lo tomes a mal. Es que también te veo como un hermano.

Einar hizo un gemido y nuevamente se colocó el puño en el pecho.

—Me has apuñalado dos veces en menos de una hora. Has herido mi ego.

—Siendo yo no debe dolerte tanto. Me quieres como a una hermana —dijo levantándose y dándole una palmada en el hombro.

Sabrina comenzó a retirarse cuando Einar cayó en cuenta a lo que ella se refería.

—Espera un momento… ¡Leíste mi mente!

Sabrina se detuvo y lo miró sonriente guiñándole un ojo. Dio la vuelta y continuó caminando.

—¡Tamish, Tamish, TAMISH! —gritó Einar en frustración.

Sabrina vio a Harald leyendo bajo un árbol y se acercó sentándose a su lado. Harald se sorprendió al verla sentada junto a él.

—Hola Sabrina.

—¿Qué lees?

—Pociones y curaciones —dijo cerrando y guardando su libro.

—¿Habrá algo para un corazón herido?

Harald observó a Sabrina que sonreía como si estuviera queriendo forzar felicidad.

—¿Sucedió algo?

Sabrina sacudió su cabeza y sonrió a Harald.

—No es nada que una buena práctica no pueda remediar. ¿Qué vas a enseñarme?

—¿Ahora?

—Sí... si no puedes pues voy donde Andrew.

Harald se levantó de inmediato tropezando con su túnica cayendo al suelo. Sabrina intentó contener la risa y Harald se levantó nuevamente sacudiendo su túnica.

—Vamos, le enseñaré el arte de la sanación.

—Eres muy gracioso sin querer serlo Harald.

—¿Yo?

—Sí, y eso es refrescante. Gracias.

—¿De...nada?

—Vamos... tú guías el camino.

—Sí, sí claro.

Harald y Sabrina se dirigieron a un claro cerca de la cascada. El joven sabio hizo aparecer una daga y sin darle tiempo a Sabrina de reaccionar se cortó el brazo. Sabrina al verlo, rápido le quitó la daga gritándole alarmada.

—¿Acaso estás loco?

—No, tienes que practicar y jamás permitiría que fueras tú la que se cortara. Además qué mejor que una pequeña motivación.

—Ustedes los príncipes tienen una manera peligrosa de entrenar.

—Lamentablemente estamos contra el reloj. Personalmente hablando vi de lo que eres capaz. Tienes un gran potencial en tus manos y te ayudaremos a controlarlo. Ahora concéntrate igual que haces con todo lo demás. Solo tienes que hablarle a las células de mi cuerpo, ellas saben qué hacer.

—¿Disculpa? —dijo levantando una ceja.

—Cada célula es un centro de energía y magia. En su núcleo esta la información.

—Sí eso lo sé porque tomé clase de biología, pero ¿cómo rayos le ordeno a una célula que te cure?

—Solo hazlo, me estoy desangrando.

—¡Es tu culpa porque no me explicaste antes de cortarte un pedazo! –gritó asustada al ver a Harald apretando con su mano la cortadura en el brazo.

—Por favor háblale a mis células, yo no lo haré. Debes hacerlo tú.

—¿Sana sana colita de rana?

—¿Qué estás haciendo? —preguntó casi en un grito.

—¡No sé! Mi tía decía eso cuando me golpeaba de niña —dijo Sabrina asustada casi llorando al ver la sangre que seguía corriendo por el brazo del gelehrt.

Harald cayó de rodillas provocando un grito en Sabrina.

—Me estoy mareando. Por favor, concéntrate. Puedes hacerlo. Recuerda cuando pasaste parte de tu magia a Rubí.

Sabrina respiró profundamente dejando soltar el aire de golpe para poder concentrarse. Preocupada por el joven sabio comenzó a buscar en su interior la magia. Vio dentro de ella una masa de hilo dorado. "Por favor sanen a Harald saben qué hacer, por favor". Un extremó de ese hilo salió de ella hasta el cuerpo de Harald y comenzó a rodear su brazo. La herida comenzó a sanar parando el sangrado. El joven gelehrt se levantó de súbito sonriente.

—¿Ves?, no fue tan difícil, solo necesitabas un buen impulso.

Sabrina lo miró asombrada. Todo este tiempo Harald estaba fingiendo para obligarla a usar su potencial. Como instinto comenzó a cerrar los puños.

—¿Todo este tiempo fingiste estar muriendo? —gritó molesta.

—Muriendo es un término muy fuerte.

—¡Harald!

Sabrina estaba molesta y levantó un puño directo hacia él, pero Harald detuvo su derechazo con la mano. Sabrina lo fulminó con la mirada pero él solo reía. Harald, aquel mago quien ella veía como un caballero estudioso le había gastado una broma. Estaba frente a ella riéndose y luego la miró directo a los ojos.

—Espero haya sido refrescante y haya despejado su corazón. Referente a su pregunta de hace un rato. Solo el tiempo sana esas heridas, pero abrirse a uno que esta frente a usted puede aligerar el proceso.

Sabrina quedó sin palabras. Vio en sus ojos un brillo que nunca había visto. Definitivamente Harald intentaba cortejarla. Sintió sus mejillas arder y timidez al ver que sus ojos intentaban escudriñarla. Desvió su vista al suelo para no caer presa de esos ojos color celeste.

—No intento leer sus pensamientos, pero creo que usted leyó los míos —dijo Harald soltando su mano con suavidad.

Sabrina bajó la mano y luego en un corto tiempo de silencio lo encaró con firmeza.

—No vuelvas a gastarme una broma así porque tu mano no logrará aguantar mi golpe la próxima vez.

Harald abrió los ojos algo admirado pero a su vez intimidado.

—No madame, digo milady.

—Bien. Logré sanar tu herida. Para nuestro próximo encuentro quiero que me enseñes sobre Égorco.

—¡Claro!

—Huele a estofado. ¿Vamos de regreso? tengo hambre.

—Como usted desee milady —dijo Harald—. «¿Qué rayos me pasa? Frente a los otros soy muy elocuente, recto, serio y frente a ella me comporto como un tonto. Trato de ser interesante y ella termina asustándome. Este libro no sirve» pensó Harald sacando un libro de su túnica que leía en su portada.: "La magia del Casanova. Cómo conquistar su corazón sin utilizar la magia prohibida". Lo lanzó tras sus espaldas consumiéndose por llamas azules.

Al llegar al campamento se sentaron para comer. Sabrina observó a todos lados y no vio a Tamish ni a Body. Rubí le pasó un plato de comida.

—Todos están aquí menos Tamish y Body —dijo Sabrina.

—Salieron a una misión —respondió Rubí.

—¿Una misión?

—Te enterarás luego. Ahora come.

Einar se sentó al lado de Harald diciéndole en voz baja.

—Sé que tomaste uno de mis libros.

—Te lo devolveré cuando termine de leerlo.

—Tú no lees esas cosas.

—Es un libro y quise leerlo.

—De acuerdo, termínalo y me lo entregas.

Elizael se sentó al lado de Einar y mirando hacia Caleb le preguntó.

—Caleb, sé que los has enviado a buscar la espada, pero ¿y si no logran conseguirla?

—¿Espada? —preguntó Sabrina

Caleb miró a Elizael y le dijo.

—Esperemos que puedan conseguirla si no…

—Lo ideal sería que Wendel estuviera vivo. Así no tendríamos tantos retrasos —dijo Einar con la comida en la boca y Harald le dio un codazo que lo hizo escupir.

—¿Wendel? ¿Espada? ¿Alguien me podría explicar de qué están hablando? —preguntó Sabrina un poco irritada.

—Wendel está vivo. Enviamos a Boadmyel y a Tamish a buscarlo y la espada de tu padre. Esa espada ayudará a canalizar tus poderes. Si no logramos conseguir la espada, al menos Wendel podrá hacer algo al respecto —explicó Caleb.

—¿Quién es Wendel? —preguntó Sabrina seriamente.

—Wendel es un gnomo que posee unas destrezas especiales en el arte de forjar espadas. Cuando el padre de Tamish murió, él desapareció. Pensábamos que estaba muerto. Hasta que Tamish nos informó que está vivo en el calabozo del castillo en Égoreo —explicó Einar.

—Por eso los enviaron, y si no consiguen la espada ¿el fabricará una? —preguntó Sabrina.

—Eso esperamos. No sabemos si se puedan conseguir los materiales que se necesitan para forjarla, ya que él es el único que puede hacerla —dijo Einar.

—¡Oh! —exclamó Sabrina.

—Así que el tiempo es oro. Necesitamos que sigas entrenando con los príncipes —dijo Caleb.

—Claro, así lo haré —dijo Sabrina levantándose y retirándose para su cabaña.

—¿Notaste a Sabrina algo extraña? —preguntó Mathew a Amy

—Sí, hablaré con ella —respondió Amy levantándose y haciéndole una señal a Rubí para que la siguiera.

Rubí se levantó y se despidió para dirigirse con Amy a la cabaña. Sabrina se lanzó a la cama enterrando su cara en la almohada emitiendo un grito ahogado. Cuando escuchó pasos levantó su rostro para ver a Amy y a Rubí cruzadas de brazo frente a ella.

—¿Qué hacen aquí? —preguntó volviendo a enterrar el rostro en la almohada.

—¿Necesitas hablar? —preguntó Rubí.

Sabrina se sentó en la cama tomando la almohada y colocándola en su regazo. Miró a ambas mujeres y respiró hondo para luego soltar el aire de golpe.

—Sí, necesito hacer ciertas preguntas, aclarar ciertas dudas, pero tengo que preguntarlas por separado.

Amy y Rubí se miraron extrañadas y Rubí colocó su mano en la espalda de Amy y la empujó levemente hacia el frente.

—Hablen ustedes primero, yo esperaré afuera.

Rubí salió de la cabaña y se topó con Caleb.

—¿Todo está bien?

—Sí, no te preocupes. Necesita que se le hable sin esconderle nada. Es su vida, su destino, tiene derecho a saber todo –dijo Rubí.

—Es muy parecida a Nathaniel, en algunas cosas, pero en lo obstinada y preocupada, salió a ti.

Amy se sentó al lado de Sabrina y después de un silencio incomodo le dijo:

—Lamento haberme dejado llevar por…

—¿Tus sentimientos?, eso debería decirlo yo —dijo Sabrina.

—Sabrina no me di cuenta… o mejor dicho, me di cuenta muy tarde que en verdad lo amabas. Siempre lo vi como un simple humano, hasta que despertó para su misión.

—Si no supiera lo que en verdad sientes, hubiésemos tenido una pelea. ¡Y una fea!

—Sé que pedirte perdón…

—Amy deja las cursilerías, no son tu estilo. Sé que me amas, eres mi hermana… no de sangre pero sé que por muchos años lo evitaste. También sé que él te ama mucho, y a mí también, pero como a una hermana. Leí sus pensamientos.

Amy la observó y vio solo sinceridad en las palabras de Sabrina.

—Soy el Fénix, tengo que entrenar de alguna manera —respiró hondo y dejó escapar el aire con un resoplido—. Ya lo pasado quedó atrás. Total, tengo que casarme con uno de ellos —dijo señalando fuera de la cabaña.

—Es la ley de Égoreo. Pero…

—¿Pero?

—Ya sabes lo del lazo con…

—Body, sí, lo sé. Aunque no sé cómo rayos pasó —detuvo su oración y recordó el beso que Body le había dado—. No me digas que fue el…

—No hubiera sucedido si no sintieras algo por él.

—¡¿Qué?!

—Boadmyel… Body intentó absorber tu miedo para que te controlaras, pero es obvio que algo los unió. Eso solo pasa cuando ambos han tenido una conexión en su alma.

—Es que no pasó con Mat… digo ¿eso solo pasa con los mágicos, cierto?

—Debes hacer el vínculo con un marcado.

—¿Cuál es todo ese rollo de la marca y la marca?, me siento mercancía.

—Solo el marcado está preparado para compartir la magia del Fénix y sus sentimientos sin entrar en descontrol. Cuando surge el vínculo o la unión y se consume ya son uno y comparten todo, cuerpo, alma y magia. Por eso Caleb insiste en que ambos estarían en peligro si se solidifica el vínculo con tu guardián. Body no está preparado, no está marcado. Aunque es tu guardián y debe dar la vida por ti, si cayera preso del Caos no tendría la fuerza necesaria para combatirlo aún si compartieran la magia.

Sabrina volvió a recordar su pesadilla y sacudió su cabeza diciéndole a Amy.

—Haré todo lo posible por alejarme de él. Total, antes me irritaba por lo metiche y fanfarrón —intentaba sonar convincente aunque no lo lograba—. Quiero ayudar a salvar el mundo de mis padres.

—De acuerdo, te dejaré para que hables con Rubí —dijo Amy retirándose de la cabaña.

Rubí entró a la cabaña y se sentó al lado de Sabrina.

—¿Estás bien? Te siento un poco estresada —preguntó.

—Sí... digo, no... —Sabrina respiró hondo y preguntó—. ¿Cuándo tú fuiste marcada también te obligaron a casarte?... no me tienes que responder si no quieres.

—No hay problema... de hecho sí, tuve que casarme.

—¿Y lo amabas?

—Daven era uno de mis mejores amigos. Sí, lo amaba, pero no como a una pareja al principio. Lo respetaba, también al símbolo de nuestra unión, tanto así que con el tiempo se convirtió en amor. Y el fruto de ese amor fue Tamish.

—¿Pero amabas a Nathaniel o fui un accidente? —el temor en recibir la respuesta que no quería oír era notable.

Rubí respiró profundo y se levantó mirando hacia la ventana. Comenzó a contestar observando hacia el cielo que se divisaba lleno de nubes.

—Nathaniel fue mi primer y verdadero amor, pero por las circunstancias de nuestro reino me desposaron con Daven.

—¿Y por qué no te opusiste si amabas a Nathaniel?

—Por la misma razón que tú estás siguiendo las reglas de Égoreo, por el respeto a la tradición —dijo a su hija con resignación en la mirada.

—Entonces ¿en qué momento pasé yo?

Rubí se volvió a sentar al lado de Sabrina y tomando su mano comenzó a contarle.

—El dolor, la tristeza y la soledad que sentíamos ambos al haber perdido a nuestro mejor amigo nos unió. Solo pasó. El amor que habíamos sentido el uno por el otro y que encerramos al olvido buscó la forma de llevarnos consuelo. Es algo que me es difícil explicar.

—Creo entender, sí fui un accidente —dijo Sabrina con tristeza.

—No, todo en este universo sucede por una razón. Y lo que pasó tenía que pasar, o si no ni siquiera Égoreo existiría. Entonces, ya que nos estamos confesando una a la otra, por favor contéstame. ¿Qué sientes por el sieger?

—¿Body? —reaccionó tensando sus músculos.

—Sí, tu guardián.

—Aún no estoy segura. Creo que al principio me atrajo su atractivo aunque me irritaba su carácter y lo metiche que podía ser, ah, también lo arrogante, pero su preocupación por mí me hizo ser dependiente de cierto modo hacia él. Fue como un paño de lágrimas en muchos momentos y a la vez me sentía segura si estaba a mi lado. No me sentía sola.

—¿Y qué piensas hacer?, me refiero a tus sentimientos.

—Ya sé del peligro que representaría para él la unión entre nosotros al no estar marcado. No voy a arriesgarlo, no permitiré que lo maten.

—En una guerra todos estamos en riesgo.

—Yo soy el Fénix, es mi deber cuidar de Égoreo y restablecer el orden. He aceptado mi destino. Si para salvarlo tengo que unirme a uno de los príncipes lo haré.

—Te entiendo. Y decidas lo que decidas tendrás mi apoyo. Solo quiero que sepas que tú has sido una de las bendiciones más grandes de mi vida. El Creador nos unió por una razón, tú eras esa razón —dijo abrazando a Sabrina y dándole un tierno beso en la coronilla.

Sabrina abrazó fuertemente a su madre y pudo sentir los sentimientos de Rubí. Estaba abriendo su corazón como una madre y le trasmitió una imagen a su mente. El momento de su nacimiento, la felicidad en su rostro, el amor incondicional al protegerla y la agonía de verla partir sin poder acompañarla.

—Te amo Sabrina y tu padre también te amó con todo su corazón aunque no pudo verte.

Las palabras de Rubí se entrecortaban hasta que Sabrina sintió a su madre llorar. Ella tampoco pudo contener los sentimientos guardados y dejó escapar sus lágrimas silenciando sus sollozos en el regazo de su madre.

UNA OPORTUNIDAD

*E*l portal a Égoreo había llevado a Tamish y a Body cerca de los volcanes en la tierra de los mächtig.

—Tengo que entrar al castillo y verificar que Wendel siga con vida —dijo Tamish.

—¿Qué haré yo mientras?

—Necesitas un camuflaje. No queremos que te reconozcan.

—De acuerdo —dijo Body cambiando su apariencia.

Ahora se veía como un caballero zauberer de la guardia de Égoreo, alto, moreno de cabello negro y ojos café.

—¿Qué tal?

—Si eso funciona —dijo Tamish y luego silbó fuertemente. Dos caballos llegaron a él—. Ella es Didi es la yegua de mi madre —dijo pasándole las bridas de una yegua color café con manchas blancas —. Trátala bien y no te arrojará.

—No hay problema. Recuerda que mi familia es criadora de caballos— la yegua dio un resoplido y una patada en el suelo a lo que el sieger reconociendo el gesto de la bestia retractándose le dijo— Hola Didi tú no me harás eso ¿verdad? —Body acarició el hocico de la yegua y la montó para seguir a Tamish.

Ambos se dirigieron a toda prisa hacia el castillo real. El cielo que

Body recordaba de su tierra era más brillante que el que presenciaba ahora. Un ambiente sombrío se estaba apoderando de su amado Égoreo y un mal presentimiento recorría su espina. Su instinto le decía que lo que verían en la capital no sería nada esperanzador.

Cuando llegaron a los alrededores del castillo los guardias reales recibieron a Tamish con algo de impaciencia.

—¡Capitán pensamos que estaba muerto! Claus ordenó buscarle por cada rincón de Égoreo. Ha estado preocupado por usted.

—Gracias Leo. Iré enseguida.

Tamish pasó por las puertas de la guardia, pero cuando Body iba a seguir tras él fue detenido por dos guardias que alzaron sus espadas impidiendo el paso. Tamish volteó y poniendo la mano en el hombro de Leo dijo.

—Está conmigo. Voy a presentarlo ante Claus pues quiere servir a la guardia real.

El soldado dio la orden que retiraran las espadas. Cuando volteó hacia Tamish e hizo una reverencia sus ojos mostraron por un segundo una leve sombra negra. Ambos entraron al castillo y Body se acercó al oído de Tamish.

—Sus ojos, algo anda mal. Por un segundo...

—Lo sé. Guarda silencio. Por lo que puedo recordar y lo que estoy viendo ahora el Caos ya ha entrado al castillo real.

Sabrina se paseaba de un lado a otro dentro de la habitación y Amy la observaba.

—Puedes calmarte, solo date la oportunidad de conocerlos a todos.

—¿Cómo sabes que estoy pensando en eso? —dijo Sabrina sin parar de moverse.

En ese instante tocaron a la puerta y Amy se levantó de la cama y observándola le dijo:

—Está escrito en tu rostro.

Abrió la puerta y Mathew entró de súbito contestando como si hubiera estado en la conversación.

—Aún no le veo la importancia a esto. No me gusta nada. Tienen que pasar por mi aprobación primero y creo que son muy engreídos.

Amy alzó una ceja y lo miró fijamente.

—¿Tú quisiste entrar para dialogar sobre esto? —dijo Sabrina a Mathew tan pronto entró.

—¿Cómo es posible que estemos hablando de compromiso a tu edad? —dijo Mathew indignado y colocando las manos en su cabeza.

—Sabrina tiene veinte años Mathew.

—Diez y nueve. Además según oí, si contamos la edad de Égoreo tendrías seis años. ¡Eres una niña!

Sabrina caminó hasta la puerta y la abrió señalando hacia la salida.

—Si vas a empezar con celos te puedes esfumar.

—¿Celoso Yo?

—Sí, es cierto Mathew —dijo Amy cruzando los brazos y alzando una ceja—. ¿Crees que Sabrina te olvidará? ¿Te sientes relevado? —dijo haciendo una cara de puchero en forma de broma.

—No es eso, solo que creo que aún tiene toda una vida por delante antes de pensar en "eso". Además debes entrenar, tienes un mundo que salvar.

—Gracias por el recordatorio Robin, nada de presión. Ahora hablando en serio…

—Yo estaba hablando en serio —interrumpió Mathew sentándose en la cama al lado de Amy quien le dio un codazo.

—Ya basta, Ya les di mi bendición a ustedes dos, deberías estar agradecido —dijo Sabrina tocándose la frente.

—Y lo estoy…

—Pues entonces ayúdenme. Me es difícil pensar con claridad sobre esto.

—Bueno, desde ahora te puedo decir que el tal Einar me da mala espina, y no es que dude de él, pero me mira raro.

—No es de ese tipo, y tampoco es mi tipo.

—Se parecen mucho —dijo Amy encogiéndose de hombros.

—Por eso, somos como dos hermanos.

—Bien, Einar descartado. Quien es el próximo a descartar —dijo Mathew sonriendo y dando palmadas—. ¿Andrew?

—No lo sé. Tengo que pasar más tiempo con ellos.

—¿Y qué dices de Elizael? —preguntó Amy.

—Es alto, guapo, divertido y todo un dios de Asgard pero... tiene un leve parecido con Body...

—Es lógico son hermanos —decía Mathew.

Hubo una corta pausa en lo que decía Mathew. Sabrina y él se miraron a la vez.

—Sería algo extraño —dijeron ambos al unísono.

—Entonces intentaré con Harald. Todo sea por el bien de Égoreo.

La voz de Sabrina se notaba entristecida y cansada. Mathew se acercó y colocó su brazo en el hombro de su amiga.

—No te esfuerces Sabrina. No obligues a tu corazón solo por una costumbre o regla de un mundo.

—Solo permítete conocerlo sin sentirte obligada. El lazo surgirá sin forzarlo —dijo Amy.

—¿El mismo lazo que debo romper con Body?

—Sí.

Los pasillos del castillo estaban más sombríos de lo que Tamish recordaba. Las puertas del salón real se abrieron y ambos entraron para encontrarse a Claus sentado en el trono masticando una raíz. Estaban sorprendidos en ver al viejo consejero ocupando el lugar que correspondía al rey, pero mantuvieron la calma en sus rostros.

—¡Tamish! Estaba comenzando a pensar que el Caos te había consumido. No había rastro de tu alma en ninguna parte de Égoreo —dijo levantándose del trono.

—Perdone mi señor.

Tamish se inclinó sobre una rodilla y bajó su cabeza. Body hizo lo mismo.

—Vigilaba a los príncipes como fueron sus órdenes, pero fui atacado. Caí en otra dimensión y terminé en la Tierra.

—¿Todo este tiempo? —preguntó Claus con cierta suspicacia en su mirada.

—Seguí a los orcos que me atacaron. Pensé que encontraría a la fuente del Caos oculto en esa dimensión.

—Por eso vigilamos cada portal que se abre en nuestro mundo. Pero por alguna razón no captamos ninguno el día que desapareciste.

Claus juntó sus manos mientras se acercaba a Tamish cautelosamente.

—¿Quién es el caballero que te acompaña? No recuerdo haberlo visto antes en la guardia —Claus se detuvo justo frente a Body.

El Sieger alzó la vista para toparse con la mirada intrigante del sabio. La presencia del mago infundía temor. Su mirada intentaba escudriñarlo para descubrirle. Tenía que ser muy cauteloso en lo que contestara.

—Contesta muchacho —dijo Claus.

—Señor él me ayudó en uno de los ataques... —Tamish intentó explicar pero Claus lo interrumpió con un tono molesto.

—¡No te pedí que contestaras! ¿Eres cadete? —dijo el sabio dirigiéndose a Body nuevamente.

—Soy cadete en mis tierras señor. Estaba practicando para entrar a la guardia cuando me topé con el capitán y los orcos.

—Y tu nombre es...

—Mathew —contestó sin pensar «¿y por qué dije ese nombre?» reaccionó sorprendido dentro de sí mismo.

—Entonces infórmame de lo que has visto —dijo Claus sentándose nuevamente en el trono.

—El Caos continúa creciendo. Las tierras están... —decía Body cuando Claus le interrumpió.

—Lo sé, dime algo que no sepa, como lo del rumor que está creciendo.

—¿Rumor señor?

—Dicen que los príncipes han sido engañados por el Caos y quieren atacar el castillo. Por eso le ordené a Tamish vigilarlos.

Body no supo qué contestar. Luego que Caleb le diera la misión de encontrar al Fénix había perdido todo contacto con Égoreo.

—Perdí de vista a los príncipes luego del ataque señor —dijo Tamish.

—Repórtate con Alger —ordenó Claus mientras arrojaba a un cesto de basura la raíz que había estado masticando. El cesto estaba lleno de ellas.

Tamish y Body se levantaron y haciendo una reverencia salieron del salón real. Llegaron hasta los cuarteles de la guardia y Tamish entró observando en todas direcciones buscando al general. Un soldado elfo se acercó mostrando una sonrisa al ver a Tamish.

—¡Capitán¡ Que alegría verlo con vida.

—¡Ériniel! También me alegra verte —dijo Tamish dándole un fuerte apretón de mano. Observó sus ojos que aún mantenía el color del amanecer y su piel seguía bronceada, no había desmerecido. Comprendió que el Caos no lo había socavado.

—Pensamos que el Caos lo había consumido. Hemos perdido muchos soldados en el campo de batalla.

—¿Campo de batalla? ¿Qué tanto ha pasado desde que me fui?

—Por lo que sabemos los príncipes desaparecieron de sus tierras. Y el Caos ha ido consumiendo las bestias del campo. Se libró una batalla en la tierra de los siegers.

—¿Por eso no vemos al coronel? —preguntó Tamish.

—Sí. Como empezó en sus tierras él se encargó personalmente con el consentimiento de Claus.

—¿Cuándo volverá?

—Esperamos que regrese en unos días con informe de la batalla. Se nos asignó proteger los alrededores del castillo.

—Tengo que preguntarte algo y te pido de favor que quede entre nosotros. Sé que puedo confiar en ti.

—Sí señor como usted ordene.

—El prisionero que traje de tu clan…

—¿Wendel el gnomo?

—Sí, ¿Sabes si aún está en el calabozo?

—Según sé todavía se encuentra ahí, pero mañana será transportado hacia los volcanes de los mächtig para trabajos forzados.

—Gracias, Ériniel.

La luz de luna llena resplandecía en el cielo de la dimensión creada por Nathaniel. Sabrina salía de su cabaña acercándose a lo que quedaba de la fogata por extinguirse. Allí vio a Harald leyendo un libro. Al acercarse Harald escondió el libro y Sabrina comenzó a reír.

—Si es un libro prohibido puedo dejarte a solas con él.

Harald enrojecido de la vergüenza se levantó de súbito y sacó el libro.

—No soy esa clase de caballero milady —dijo extendiéndole el libro a Sabrina.

—"Mil maneras de conquistar a una mujer"... Einar, ¿cierto? —dijo Sabrina devolviendo el libro luego de hojearlo.

Harald, que continuaba sonrojado afirmó con su cabeza.

—No necesitas esto Harald, tienes tu propio encanto.

«Harald ¡Vamos!¿qué pasa? Eres el número uno de tu clase y... ¿¡Te quedas sin hablar frente a ella!?». Pensaba el joven mago al ver la mirada de Sabrina que lo intentaba escudriñar. En ese momento llegó Einar y al ver a Harald con el libro en su mano al descubierto comenzó a reírse.

—¡Vaya Vaya! Así que tú eres quien está robando mis libros. No sabía que un genio necesitara estos consejos, debiste venir a mí en persona.

—¿Cuándo dejarás de ser tan presumido? —dijo Harald haciendo quemar el libro en una llama azul.

—¡Cuando dejes de ser tan patético! —dijo tomado el libro de entre las llamas dándole golpes para apagar el fuego.

Sabrina comenzó a reír a carcajadas. Ambos la miraron algo avergonzados por actuar así frente al Fénix a quien debían cortejar.

—¿Qué haces levantada a esta hora Sabrina? —preguntó Einar guardando el libro.

—Lo hago desde que alcancé la mayoría de edad —respondió poniendo las manos en su cintura.

Einar se le quedó mirando de arriba abajo y luego se volteó hacia Harald mirando hacia el suelo cerrando fuertemente los ojos. "¡Tamish!" dijo en un quejido silenciado entre sus dientes. Harald se rió por lo bajo y luego se movió hasta quedar frente a Sabrina.

—¿Qué ocupa su mente que no puede dormir?

—Yo... pensaba en qué me vas a enseñar mañana.

Harald sonrió galantemente haciendo una reverencia.

—Entonces le llamaré temprano para nuestra lección milady. Si lo desea puedo darle algo que le ayude a dormir —dijo haciendo salir de sus manos una esfera de agua con el sonido del mar.

Sabrina tomó la esfera en sus manos y la observó con dulzura. Harald hizo otra reverencia y le dijo: "Que tenga dulces sueños princesa". Einar observaba a Harald alejarse y se acercó a Sabrina diciéndole.

—Página 155. Lo estudió muy bien.

—¡Einar!, no deberías molestarlo tanto, es tu amigo.

—¡Lo hago por eso! es divertido. Tengo que aprovechar que se siente intimidado por ti y tiene su guardia baja. En nuestro mundo a veces se invertían los papeles.

—¿Se invertían?

—Él siempre ha sido el mejor de la clase y yo... bueno era buen estudiante pero no aplicado, si sabes a lo que me refiero. ¿Sabes algo Sabrina? Ya que nos tratamos con la confianza de hermanos, seré honesto contigo. Estaré apostando por él, es un gran gelehrt. Descansa —le dio una palmada en el hombro para luego alejarse hacia su cabaña.

Sabrina observaba a Einar alejarse y luego miró con detenimiento la esfera. En ella se observaba olas del mar y ocasionalmente varias gaviotas. Sonrió sin esfuerzo ante su hermoso regalo y se marchó a su cabaña.

Entrando a los calabozos más profundos del castillo, Tamish y

Body llegaron hasta donde tenían al gnomo prisionero. El zauberer se encontraba atado con cadenas en sus pies. Cuando Wendel vio a Tamish se acercó a las rejillas de su celda. Había perdido color y se veía muy maltratado.

—¡Tamish! Has venido a sacarme de aquí ¿Verdad?. Veo el brillo nuevamente en tus ojos —dijo Wendel esperanzado.

—No te hagas tantas ilusiones gnomo. Sólo lo hago porque te necesitamos.

—Haré lo que me pidas, pero ¿Cómo vas a liberarme? No puedo usar mi magia. Las cadenas que me atan están hechizadas y han absorbido mi poder —dijo Wendel mostrando sus cadenas.

—¡A ese paso van a matarlo! —reaccionó Body al ver la condición del viejo gnomo.

—Es lo que Claus quiere —dijo Wendel en voz baja—. Sé que eres de la guardia, pero…

—Lo sé gnomo, también me he dado cuenta de lo que está sucediendo. Mañana serás trasladado a los volcanes. Entonces tenemos que buscar la forma de rescatarte —dijo Tamish en voz baja.

Body sacó de su vestimenta su ópalo negro. Wendel observaba los movimientos del sieger y se asombró al ver la piedra.

—¿Dónde conseguiste esa joya?

Tamish observó a Body que se acercó para dar la piedra a Wendel, pero lo detuvo.

—¿Qué estás haciendo?

—Este ópalo puede evitar que la magia de la cadena lo siga consumiendo. Podrá recuperarse para cuando hagamos el rescate.

—No confío en los gnomos y menos en posesión de piedras preciosas —dijo Tamish.

—Sabes que es nuestra única salida. Al menos que quieras enfrentar a Claus por la espada.

Wendel observaba con detenimiento la conversación de los dos soldados. Juntaba sus manos como si esperara un regalo anhelado. Tamish negando con su cabeza respiró hondo y tomando el ópalo en sus manos se dirigió a Wendel quien tras la emoción de ver la piedra acercarse comenzó a mover sus orejas rápidamente.

—Ya te lo dije gnomo, no te emociones tanto —dijo Tamish en tono amenazante.

Wendel suspiró hondo y detuvo el movimiento de sus orejas. Levantó las manos en dirección a Tamish hasta donde le permitían llegar sus cadenas.

—Juro que si utilizas esto para escapar por tu cuenta y desapareces; te seguiré hasta el fin del cosmos y te traeré de vuelta. Te llevaré a trabajar directamente ante el calor infernal de la lava del volcán y nunca saldrás de allí.

Wendel tragó hondo mientras tomaba el ópalo en sus manos. Body estaba sorprendido ante la amenaza al gnomo y por una razón le vino a su mente Sabrina. No había duda que el mächtig y la Fénix eran hermanos.

—Lo juro —dijo el gnomo con resignación.

—No te preocupes Tamish. El ópalo está atado a mí por magia. No hay manera que Wendel escape sin que sepamos dónde está —dijo Body tocando su cabeza con su dedo.

—Mañana te liberaremos y como es tu naturaleza, nos deberás un favor. Y sabes que no puedes negarte a cumplirlo —dijo Tamish sonriendo de medio lado alejándose de la celda con Body.

—Ya lo he jurado. Aunque quisiera, no podría —dijo Wendel en voz baja.

***

Harald esperaba sentado frente al pórtico de la cabaña de Sabrina, cuando ella salió por la puerta sonrió al verlo. Harald llevaba puesto unos jeans oscuros y una sudadera gris y amarilla. Sabrina lo observaba desde los tenis que llevaba puesto hasta su cabellera larga recogida en una coleta de caballo. Se percató que tenía un libro en las manos y se le acercó por la espalda tomándolo desprevenido.

—Déjame adivinar "Como seducir 101".

Harald se sobresaltó al sentir la voz sutil de Sabrina en su oído y se levantó cerrando el libro. Sonrió tiernamente al ver a Sabrina y le enseñó la portada del libro que leía: Historia de Égoreo.

—¿Nos vamos? —dijo Harald extendiendo su mano.

—Te ves bien, te asesoraste en lo que está de moda en la Tierra.

—Todo para complacer la vista de milady y que se sienta a gusto —dijo encogiendo los hombros.

Sabrina sonrió sonrojada y chocando la mano de Harald que seguía extendida continuó su camino.

—Bueno entonces en marcha.

Harald hizo desaparecer el libro y caminó a su lado en dirección al bosque con las manos en los bolsillos. Sabrina se sentía algo extraña caminando a su lado. Lo miraba con el rabillo del ojo y Harald hacía lo mismo. Había compartido con el joven sabio ya hacía varias semanas. Verlo con un atuendo casual lo hacía ver aún más atractivo de una manera que no esperaba. Definitivamente Harald estaba determinado a intentar cortejarla.

—¿Se siente incómoda con mi atuendo actual? —dijo deteniendo la marcha.

—¡No! No, no lo cambies por favor. Te hace ver de cierta forma interesante así no me sentiré extraña tomando clase de ciencias sociales podrías hacerlo como si habláramos de cosas cotidianas nunca fui muy atenta en clase de historia aunque sé que esta es diferente.

Harald comenzó a reír y Sabrina se sonrojó al ver al joven sabio brillar mientras sonreía. La luz que se filtraba por la copa de los arboles destellaba en su sonrisa como los anuncios de televisión. Cada vez que se sentía nerviosa no paraba de hablar y lo hacía sin pausar.

—Einar y tú son muy parecidos. Ya veo porqué el cariño. Bien, nuestro mundo como has visto se rige por los cuatro elementos. Agua, es el elemento de nosotros…

—Los sabios o gelehrt.

–Sí, nuestras tierras se encuentran al norte de Égoreo. Llena de los lagos y manantiales más hermosos que hayas visto. También somos sanadores. Al oeste en la tierra de los volcanes se encuentran los mächtig, tu clan, o el clan de tu madre y hermano. Ahí forjan las armas de los guerreros.

—Hay algo que no entiendo…

—¿Sí?

—Se preparan en lucha, guerra, pero sus leyes…

—Cada vida es valiosa, pero no estamos exentos de peligro y de la codicia de otros mundos. Tenemos que defendernos. No podemos destruirnos entre hermanos a menos que hayan perdido su alma.

—¿Y cómo saben eso?

—La esperanza, la chispa de la vida en el recuerdo de sus ojos deja demostrar que aún les queda un rastro de alma que los puede salvar. Si eso ya no existe en ellos, solo son marionetas del Caos.

—¡Ah!

—Volviendo a la historia; En tu mundo habrás oído de criaturas fantásticas y magos en historias antiguas.

—Sí. En cuentos de hadas.

—Los cuentos de hadas, como los llamas, tienen algo de verdad. Las leyendas de tus ancestros hablaban de nuestra gente.

—¡¿En serio?! —su mirada estaba concentrada en la explicación del joven sabio fascinada con su relato.

—En un tiempo nuestros clanes fueron perseguidos por los humanos. Los dragones fueron llevados casi a su exterminio, cazaban a las hadas y gnomos por sus propiedades mágicas. Las videntes fueron quemadas en hogueras. Quienes corrían mejor suerte eran los siegers. Así que el Fénix viendo el peligro, prohibió la entrada nuevamente a la Tierra y todo portal dimensional era vigilado. Solo el Fénix viajaba a ver el estado de las pocas colonias de zauberer y gelehrt que decidieron quedarse.

—Tengo otra duda… entonces el Fénix… ¿De dónde vino?

—La leyenda dice que cuando el Creador creó nuestro mundo la primera chispa de fuego que dio origen a la magia, era el Fénix. El primer Fénix ayudó al Creador a organizar nuestro mundo. Del aire salieron los Sieger, del agua los Gelehrt, de la tierra los Zauberer y de la lava de los volcanes salieron los dragones, los Mächtig. El Fénix estuvo presente en la creación de los mundos subsiguientes. Vio el nacer de la Tierra también. Dicen que estuvo un periodo de tiempo en lo que los humanos llamaban el paraíso. Vio la relación de amor en la creación y las generaciones en los clanes. Se sintió solo estando vigilando todo, pero sin compañía. Así que le pidió al Creador que le permitiera dar hijos y envejecer como toda criatura de la creación. Por el poder y la naturaleza de su magia, siendo el guardián de este mundo el Creador le concedió su petición. Escogería al más digno de todos los clanes para su compañía y su descendencia tomaría el poder cuando partiera del plano físico. Como el Fénix viene de la primera chispa de fuego, cuando se volviera cenizas renacería su sucesor para mantener el equilibrio de la magia. Pero como te dije anteriormente, no estamos exentos a la codicia de otros. El Caos ansiando el poder del Fénix intentó muchas veces vencernos, pero el bien siempre prevalece, la justicia, la esperanza y el amor. Podrá haber guerras y tendremos que luchar, pero siempre que estas tres virtudes prevalezcan en nuestro mundo, el Caos no podrá reinar por siempre.

Sabrina se quedó atontada viendo la emoción con la que Harald narraba la historia de su mundo. Hubo silencio por un corto momento y al Harald darse cuenta que Sabrina no hablaba la observó.

—Pensé que te habías quedado dormida.

—Para nada. En la forma que lo narraste me lo imagine como si fuera una película.

—¿Una qué?

—Nada no te preocupes.

—Nosotros te hemos enseñado de Égoreo y me gustaría saber un poco del mundo en que te criaste.

—¿La Tierra? Bueno pues que puedo decirte... algo en que es muy diferente a Égoreo es que hay mucha tecnología.

—Para qué se necesita la tecnología si tienes la magia.

—En la Tierra no hay magia.

—¿Y qué hacías para divertirte?

—Pues ir al cine a ver películas...

La cara de Harald mostraba confusión. Sabrina sonrió y continuó.

—Se proyectaba la visión de una gran historia para que todos pudieran ver lo mismo.

—¡Oh! Ya entiendo ¿y bailabas?

—Sí, pero los bailes de la Tierra son diferentes.

—¿Me podrías enseñar? —dijo Harald chocando sus manos haciendo que saliera música de la nada.

Sabrina se quedó callada escuchando con atención la melodía medieval. Sacó su celular del bolsillo y al encenderlo se percató que tenía solo diez por ciento de carga. Suspiró hondo y dijo hablándole a su celular.

—Sacrificaré tu carga en honor a la música moderna —Sabrina abrió su aplicación de música reproduciendo "Perfect" de Ed Sheeran.

La música comenzó a fluir y Sabrina se le acercó a Harald agarrando sus manos. Colocó una de ellas en su cintura y la otra la agarró con su mano. Comenzó a moverse al compás de la música. Una brisa delicada los rodeaba mientras bailaban a la sutil melodía envolviéndolos en una especie de burbuja que los aislaba de todo lo que los rodeaba. Harald estaba perdido en la mirada de Sabrina y sonreía sin ningún esfuerzo. Ella se veía hermosa, perfecta, feliz. Si tan solo pudiera lograr que esa felicidad se reflejara en su rostro siempre, no podría desear nada más. Sabrina comenzó a sentirse extraña en los brazos del gelehrt. La mirada celeste de ese joven mago era intrigante, amigable, insistente hasta el punto que comenzó a dudar de si comenzaba a sentir algo o era producto de la magia de esa dimensión. ¿Sería posible que eso que llamaban "lazo" se estuviera formando? La carga del celular terminó justo al terminar la canción. Sabrina miró su celular con cierta tristeza y lo guardó nuevamente. Harald seguía sosteniéndola.

—Wow... —dijo el príncipe en un suspiro.

—Mejor de la que tenías puesta ¿no?

—Es perfecta, jamás pensé que tu música describiera exactamente cómo me siento.

Sabrina quedó sin palabras ante la declaración hecha por Harald. Se quedó perdida en los ojos azul celeste del joven mago quien comenzó acercar su rostro al de ella lentamente. En ese momento la voz de Andrew se escuchó en el bosque y al oírla cerca de ellos se separaron. Harald transformó su ropa moderna por su acostumbrada túnica blanca en el momento que Andrew llegó frente a ellos.

—Hola princesa, la buscaba para nuestra lección —dijo el joven elfo.

—¿No podías esperar a que termináramos? —preguntó Harald mascullando las palabras y cruzando los brazos en un tono molesto.

—Tenemos un acuerdo y tu tiempo venció. Me toca —dijo Andrew haciendo una reverencia a Sabrina quien rio sin remedio ante la situación.

—De acuerdo Andrew —dijo Sabrina sin antes voltearse y mirar con afecto a Harald—. Gracias —volteó su vista nuevamente a Andrew y sonriente le dijo—. Y ¿Qué me enseñarás esta vez?.

Body despertó al oír la voz de Tamish llamándolo. Al abrir los ojos una visión llegó a su mente que lo desconcertó. El rostro del príncipe gelehrt con sus ojos cerrados se acercaba al de él.

—¡Vamos Boadmyel! Tenemos que tomar a Wendel para regresar. Rastrea tu ópalo.

Body se frotó los ojos y comenzó a concentrarse en su magia. Percibió el rastro de su ópalo y le contestó a Tamish levantándose y saliendo de las barracas le dijo:

—Ya salieron del castillo.

—Entonces en marcha.

Wendel se encontraba en una carreta jaula escoltada por varios guardias reales y entre ellos estaba Ériniel. La comitiva pasaba por un camino entre montañas donde Tamish y Body se encontraban observando. Un campo de energía les evitaba ser descubiertos. Wendel se veía nervioso observando en todas direcciones y los guardias también. Algo andaba mal. Body no podía sacar de su mente la imagen de Harald, pero a su vez observaba lo que pasaba en el camino abajo. Un chillido como de águila retumbó entre el eco de las montañas y entonces la caravana comenzó a ser atacada. Tamish y Body vieron asombrados cuando un sieger de alas negras tomó a un guardia elevándolo por los aires para luego lanzarlo contra el suelo. Ériniel sacó su espada para luchar. Tamish y Body se observaron y tomaron la decisión de ayudar a defender a los soldados y a Wendel. Ambos en sincronía rompieron el campo de magia que les protegía y se lanzaron desde la altura donde estaban a luchar con los poseídos que atacaban la caravana. Body tomó su forma original de sieger y se lanzó volando contra otro miembro poseído de su clan. La lucha se intensificaba en tierra. Tamish miró a Wendel y le gritó.

—¿Listo para luchar como en antaño gnomo?

—Un shützend nunca deja de serlo —contestó determinado.

Tamish rompió con su espada la jaula y le lanzó una espada al gnomo quien se unió en la lucha.

La clase de Andrew había comenzado y Sabrina anotaba en una pequeña libreta lo que el príncipe elfo le iba diciendo y mostrando.

—Muchas de estas raíces se utilizan para el malestar general, fiebre y cólicos.

—¿Pero y el arte de sanación?

—No todos lo dominan princesa. En algunos casos tampoco funciona para los receptores. Todo depende del grado de fe y vibración que tengan. No todos estamos al mismo nivel por eso algunos miembros de todos los clanes son sanadores o herbolarios.

—Oh... ya entiendo.

—¿En la Tierra me imagino que debe haber herbolarios?, es un arte más antiguo que el de la auto sanación.

—De hecho, sí los hay. Creo que los Naturópatas se podría decir que son herbolarios, aunque por las redes se conoce de muchos.

—¿Las redes?, ¿Son arácnidos?

—No —dijo Sabrina con una risa espontánea—. Me refiero a que es una red de comunicación, como...

—¿La telepatía? Espere no me diga... tecnología —dijo riéndose.

—Sí, tecnología.

—¿Tiene alguna con usted ahora? Me refiero a tecnología de su mundo.

Sabrina sacó su celular y se lo enseñó a Andrew quien lo tomó en su mano.

—Ahora no tiene carga, pero…

—Carga… ¿energía?

—Sí.

—Déjelo en mis manos.

Andrew cerró los ojos y comenzó a concentrarse. Sabrina observó que de los árboles y la tierra corría como si fuera luces pequeñas por unos canales de venas hasta llegar a las manos de Andrew donde sostenía el celular. El mismo se encendió y Sabrina lo tomó sorprendida.

—¡Wow, lo cargaste! pero ¿cómo?

—¿Podría ahora enseñarme su tecnología?

—Claro.

Sabrina comenzó a buscar en su celular pero al recordar que no había señal en aquella dimensión buscó su banco de videos guardados y comenzó a enseñárselos a Andrew. El joven elfo se fascinaba con las imágenes de modelos, carreras de autos, videos musicales y películas que Sabrina tenía guardado en tan pequeño aparato. Ella comenzó a ver a su alrededor mientras el elfo seguía observando la pantalla del celular. Vio que los árboles de su alrededor, donde Andrew había sacado la energía se veían débiles y con varias hojas secas.

—Es fascinante cómo un aparato tan pequeño pueda almacenar tanta magia.

—Andrew…

—¿Sí?

—¿Qué le está pasando a los árboles?

Andrew levantó la vista y observó. Bajó la vista nuevamente a la pantalla del celular diciendo con indiferencia.

—Drené parte de su energía para tu tecnología. Se repondrán.

—Pero, ¿No se supone que es nuestro deber darles vida, no absorberla?

—Usted necesitaba energía, hay que sacarla de algún lado. Me gustaría ir a la Tierra y ver por mí mismo todo esto de la tecnología.

Sabrina tenía una mala espina en su corazón. Por alguna razón sentía en Andrew un sentimiento de codicia. Lo observó detenidamente y una sombra negra se asomó en los ojos del elfo lo que hizo a Sabrina casi caer del tronco donde se encontraban sentados. Andrew sintió que Sabrina se iba a caer y la agarró del brazo extrañado.

—¿Se encuentra bien princesa? —dijo acercándola a él.

—Sí...gracias —contestó sentándose nuevamente y mirando hacia los lados.

Andrew, todavía le sostenía el brazo y comenzó a acercarse a ella tal y como la escena de la película que aparecía en la pantalla del celular. Sabrina se alejó un poco de Andrew pero él le agarró más fuerte.

—¿Qué sucede? —preguntó el elfo.

—Ya me ayudaste, no voy a caerme... Gracias.

—No la sujeto para que no se caiga. Solo quiero acercarme a usted. Sabe que he venido también para cortejarla.

Andrew se acercó más a Sabrina quien retrocedió perdiendo el balance cayendo al suelo, pero él se volteó y ella termino encima de él. Sabrina trataba de levantarse pero Andrew la agarró más fuerte por la cintura y ella sintiéndose incómoda lo empujó alejándolo de ella.

—¡No! —gritó mientras una chispa de poder salió de sus manos empujándolo.

—Es justo que me dé una oportunidad a mí también —dijo sentándose en el suelo de manera molesta.

—Sí, tienes razón, pero la relación que siento contigo es simplemente de amistad.

—Como sabrás que es lo único que sientes si no me das la oportunidad de acercarme más a ti —dijo Andrew mientras se le acercaba de manera insistente.

Sabrina volvió a ver la sombra negra en sus ojos y retrocedió asustada. Por un instante el recuerdo de los orcos que la perseguían en la Tierra volvió a su mente. Andrew al ver la expresión de miedo en Sabrina se arrodilló ante ella.

—Disculpe princesa. No quise ser descortés. Perdóneme —dijo poniéndose de pie y se marchó con apuro.

Sabrina estaba confundida y asustada a la vez. El sentimiento de oscuridad que percibió en el príncipe elfo le hizo temer, no tan solo porque intentara besarla, pero sabía que algo estaba pasando con Andrew y no era nada bueno. La mezcla de sentimientos la comenzó a envolver. Se sentía, asustada, preocupada, impotente y entonces, sintió que sus ojos nuevamente estaban cambiando. Corrió buscando ayuda. Quizá Amy podría calmarla, pero al llegar al campamento vio que su hermana estaba con Mathew y Einar. Si se presentaba así frente a ellos era de seguro que perseguirían a Andrew y podrían matarlo. No, no podía dejar que Mathew ni Einar la vieran así. Comenzó a buscar con su vista a Rubí, pero vio a Harald saliendo de su cabaña con un libro en mano. Sabrina llamó a Harald en voz baja y al acercarse le tomó la mano halándolo lejos de allí.

—¿Qué sucede Sabrina? —dijo preocupado al ver el temor y la urgencia en su voz.

—Por favor ayúdame. Necesito calmarme o saldré de control otra vez.

—¿Que sucedió?

—Solo ayúdame a calmarme te lo suplico.

Harald estaba preocupado al ver el estado en que se encontraba Sabrina. Definitivamente no había sido nada bueno lo que le sucedió y estaba seguro que tampoco se lo contaría. No podía resistirse ante la súplica de la persona que amaba.

—Claro, cierra los ojos.

Harald colocó las manos en la cabeza de Sabrina y un brillo comenzó a emanar de ellas. Sabrina comenzó a sentir alivio en su desesperación pero por alguna razón seguía con un sentimiento de preocupación y temor. No entendía por qué se sentía así de extraña, como si ese sentimiento no le perteneciera a ella. Cuando Sabrina abrió los ojos vio el rostro pasivo de Harald concentrado y muy cerca al de ella. «¿Qué puedo hacer para que este sentimiento se vaya? No puedo perder el control». En ese instante Harald abrió los ojos y la observó con dulzura.

—¿Mejor?

Sabrina sintió que el joven sabio se acercaba. Sus ojos le infundían esperanza pero aún no lograba sentir paz. Un pensamiento repentino llegó a su mente. «Tal vez si...» pensó y en un movimiento desesperado se levantó en puntillas y llegó hasta los labios de él juntándolos con los de ella. El joven príncipe gelehrt se quedó sorprendido y cerró los ojos dejándose llevar por el impulso de Sabrina halándola hacia a él y abrazándola por la cintura.

La batalla en Égoreo se intensificaba. Ériniel traspasó con su espada a un sieger poseído que atacaba a Tamish y el mismo se hizo cenizas.

—¿Se encuentra bien señor? preguntó.

—Sí —contestó Tamish mientras se sacudía del brazo las cenizas del poseído caído.

—Son enviados del Caos...

—Lo sé, vienen a eliminar a Wendel.

Body luchaba con uno de ellos cuando un sentimiento de miedo y desesperación lo invadió y en otra visión fugaz vio al príncipe Andrew acercarse con sus ojos completamente negros. «Sabrina corre peligro» pensó. El sieger poseído logró herirlo en la mano y Wendel llegó atravesando su espada haciendo cenizas al enemigo.

—¡Tamish, abre el portal ahora! —gritó el gnomo lanzando el ópalo a Body.

Tamish sacó su collar y formó una esfera de humo lanzándola contra el suelo abriendo el portal.

—¡Vámonos! —ordenó Tamish a Ériniel y a otro soldado más.

—Señor...

—Estaremos a salvo si me siguen.

Un fuerte chillido se oyó en el cielo. Otro sieger llamaba a los que quedaban en el suelo mientras Wendel, Ériniel y el otro soldado entraban al portal. Body se quedó petrificado al ver que aquel sieger que hacia el llamado era su padre.

—¡Boadmyel! —gritó Tamish.

Body comenzaba a preparar sus alas para alzar vuelo cuando Tamish lo agarró por el brazo.

—¿Qué rayos estás haciendo? debemos irnos.

Body volvió la vista hacia su padre que se estaba alejando. Dentro de él sentía la urgencia de llegar hasta su padre y corroborar al menos que quedara un rastro de su alma. Necesitaba saber que el Caos no lo había consumido. Por otro lado su corazón se impacientaba porque sentía que Sabrina se encontraba en peligro. Si había alguien que podría rescatar a su padre; ese era el Fénix.

—Cierto el Fénix corre peligro. Tenemos que regresar —dijo lo último para sí mismo con un suspiro de impotencia entrando al portal.

Sabrina sintió un fuerte dolor en su mano como si fuera la cortadura de una espada y rompiendo el beso súbitamente se separó de él.

—¿Qué le sucede? —preguntó Harald preocupado al ver a Sabrina agarrar su mano.

En ese momento una luz intensa apareció frente a ellos revelando el portal por donde comenzaron a aparecer Ériniel, Tamish, Wendel, el otro soldado y por último Body. Tan pronto cruzó el portal y vio a Sabrina Body corrió hacia ella.

—¿Te encuentras bien?

Sabrina al ver los ojos de Body volvió a sentir la paz que necesitaba para calmarse.

—Sí, estoy bien pero... —en ese momento observó la herida en la mano de Body—. ¿Qué te pasó?, ¿Estas herido?

—Tuvimos una batalla antes de regresar, no es nada grave. ¿En serio te encuentras bien?

—No se preocupe guardián ella está conmigo ahora. No dejaría que algo le pasara —dijo Harald acercándose a Sabrina.

Body se colocó erguido y miró directamente a Harald. Tamish se acercó colocando la mano en el hombro a Body.

—Tenemos que llevar a Wendel con Caleb.

Body hizo una reverencia a Harald y a Sabrina para voltearse y continuar su paso. Sabrina comenzó a seguirlos pero Tamish se volteó y le dijo.

—Aún no, primero hablaremos con el mago, luego contigo.

Todos se retiraron dejando a Harald y a Sabrina solos en el bosque.

—Como detesto los secretos —masculló Sabrina volteándose y caminando hacia el bosque agarrándose la mano. Harald siguió tras ella sonriendo.

MEMORÍAS DE UN PASADO

*D*aven, el padre de Tamish y uno de los shützend reales llevaban a el rey Nathaniel herido por los pasillos del castillo. Un mächtig poseído por el Caos los perseguía.

—Juro que el que te haya hecho esto lo pagará —decía Daven al rey.

—Sanaré tan pronto llegue al trono. No te preocupes —dijo Nathaniel casi inconsciente.

Daven se desesperaba por salvar al rey quien era uno de sus mejores amigos. El mächtig poseído atacó a Daven por la espalda, pero Wendel llegó en ese instante y lo detuvo utilizando su espada.

—¡Corre! pon a salvo a Nathaniel y llévalo al trono —gritó Wendel.

En medio de la lucha reñida, del mächtig salió una cola de dragón que derribó a Wendel y lo lanzó contra una pared. Daven llegó con Nathaniel a cuestas al salón real. Llegando al trono, el mächtig atravesó las puertas y de un salto se lanzó para atacarlos. Daven, al darse cuenta soltó al rey alejando de él. Al sacar su espada y empezar a voltearse, el mächtig gritó triunfante enterrándole la espada por la espalda. Nathaniel quien estaba en el suelo casi no pudo ver lo que estaba aconteciendo. Daven yacía al lado del trono sin vida y el mächtig frente a él se disponía a dar su estocada final al rey cuando Wendel llegó dando un grito. El mächtig volteó para enfrentar a Wendel tomando la forma de Daven quien estaba tras él por lo que el gnomo no lo había visto.

—¿Lucharías contra tu mejor amigo? —dijo el falso Daven esbozando una sonrisa maliciosa mientras alzaba las manos.

—No vas a engañarme Caos —dijo Wendel atravesándole su espada.

El mächtig sonrió maliciosamente a Wendel mientras miraba hacia la entrada del salón real a las espaldas del gnomo. El grito de Rubí retumbó en el salón. El mächtig poseído cayó de espaldas desapareciendo justo sobre el cuerpo sin vida del Daven real. Wendel observaba todo como si el tiempo se hubiera detenido. Claus y Caleb corrieron a socorrer a Nathaniel mientras Rubí corrió hacia Daven. El gnomo vio a Daven en el suelo, muerto. Wendel ahora dudaba de lo que había pasado. Confundido consigo mismo y atónito ante lo ocurrido fue apresado por la guardia real.

El gnomo aún recordaba vívidamente lo ocurrido hacía ya diez años atrás en el pasado de Égoreo. No había vuelto a ver a Caleb ni a Rubí desde aquel entonces cuando huyó condenándose a sí mismo al destierro; a morir en la Tierra sin volver a ver a su familia.

Tamish, Body, Ériniel y Owen (el otro soldado que les acompañaba), llegaron con Wendel al campamento. Caleb, Rubí, Amy, Mathew, Einar y Elizael estaban platicando cuando vieron la llegada de Tamish. Rubí se levantó aliviada al ver el regreso de su hijo a salvo, pero la sonrisa se desvaneció tan pronto vio a Wendel.

—Hemos llegado exitosos de la misión —dijo Tamish inclinándose sobre una rodilla.

—No te inclines Tamish, yo solo soy un mago —dijo Caleb acercándose a ellos.

Wendel se abrió paso entre los soldados y llegó frente a Caleb y Rubí inclinándose sobre una rodilla y cabizbajo.

—Lamento haber huido como un cobarde, pero jamás traicioné

a Nathaniel ni a Daven —sus palabras iban cargadas de un profundo dolor.

—No Wendel, somos nosotros quienes deberíamos pedir disculpas. Nunca debimos haber dudado de ti. Cuando descubrimos la verdad ya habías desaparecido de Égoreo —dijo Caleb.

—Ha sido una prueba muy difícil para ti, como también para nosotros —dijo Rubí.

—Lamento no poder limpiar tu imagen todavía ante todo Égoreo —se disculpó Caleb.

—Discúlpenme debo ir a preparar la cena —dijo Rubí retirándose y pidiéndole a Mathew y Amy que la acompañaran.

—No puedo culparla por no querer estar frente a mí. Sé muy bien lo que le recuerdo —dijo Wendel mirando a Rubí retirarse.

—Pero era necesario que estuvieras oculto. Ya Nathaniel sabía lo que se avecinaba —dijo Caleb.

—Sí, lo sé. Esperé cuarenta años para este momento —dijo Wendel.

—Vamos, tenemos que hablar viejo amigo —dijo Caleb retirándose con Wendel y los soldados.

Elizael detuvo a Body y le preguntó.

—¿Te encuentras bien? Te noto algo inquieto.

—Sí estoy bien no te preocupes ¿de casualidad no has visto al príncipe zauberer?

—No, también lo estoy buscando. Ya el sol se pone y necesito terminar el entrenamiento de Sabrina.

—Sabrina se encuentra en el bosque con el príncipe Harald — dijo Body tensando la mandíbula.

—Ese ratón de biblioteca resultó ser más listo de lo que pensaba —pensó en voz alta Elizael para luego mirar a su hermano dándole una palmada en el hombro—. Gracias iré a buscarla.

Elizael llegó al bosque donde se encontraban Sabrina y Harald en meditación. Silenciosamente se sentó frente a ellos en la misma posición de meditación y sonriendo de medio lado comenzó a hacer la vibración del mantra.

—Ommmm tengo que llevarme a Sabrina. Ommmm ya le toca la clase conmigo, ommmm.

Harald abrió los ojos de golpe asombrado mientras que Sabrina con sus ojos cerrados comenzó a reírse. Elizael se levantó extendiéndole una mano a Sabrina quien la tomó sin parar de reír.

—Gracias Harald te veré más tarde —dijo Sabrina levantándose.

—¡Sí Harald nos veremos más tarde! —dijo Elizael agarrando a Sabrina por la cintura y alzando el vuelo.

Harald no logró emitir ninguna palabra y con una expresión tonta comenzó a preguntarse qué rayos acababa de suceder. Se levantó y se marchó hacia el campamento.

Elizael llegó a la cima de la montaña y descendió soltando a Sabrina.

—Tenemos que terminar tu entrenamiento. Tienes que aprender a volar, en algún momento de peligro esta sería tu única salida.

—De acuerdo ¿pero cómo haré para sacar mis alas?

—No lo harás aún. Trata de controlar el viento a tu favor.

—Pero…

—Nada de pero, inténtalo.

Sabrina buscaba en su interior la magia que hay en ella y comenzó a invocar al viento. Sintió como la brisa la envolvía comenzando a elevarla.

—Bien, ahora piensa en un lugar y ordénale al viento que te lleve hasta allí —dijo Elizael interrumpiendo la concentración de Sabrina quien cayó al suelo.

—Ok dime las instrucciones primero, luego hago el intento —dijo sacudiendo la tierra de sus pantalones.

Elizael la miró sonriendo.

—Claro princesa —se cruzó de brazos y caminaba frente a ella de un lado a otro observándola—. Primero, invoca el viento. Segundo, concéntrate en cómo te envuelve y te va elevando y tercero, visualiza el lugar al que quieres ir.

—¿Eso es todo? —preguntó Sabrina mirándolo fijamente.

—Si te concentras bien no te caerás al vacío —dijo Elizael con una media sonrisa elevándose.

Sabrina respiró hondo y volvió a concentrarse en el viento dejando que la envolviera y la levantara del suelo. Concentró su pensamiento en la cascada y dejó que el viento la llevara en esa dirección. En ese instante una visión se presentó frente a ella rompiendo su concentración. Veía a Andrew que observaba su reflejo en la cascada y en la desesperación que tenía se lavaba fuertemente la cara con el agua. En ese instante golpeó el suelo con frustración y se volteó dando un rugido de dolor mostrando ahora un rostro deforme con sus ojos completamente negros. Al perder su concentración cayó esta vez al vacío. Elizael que estaba cerca descendió atrapándola en sus brazos y ella se aferró a su cuello en pánico. El sieger estaba confundido pues no sabía qué le estaba pasando.

—¿Princesa qué le pasa? No debe temer no la dejaré caer confíe en mí.

Sabrina respiraba rápida y profundamente casi hiperventilando hasta que poco a poco su respiración llegó a la normalidad. Elizael la llevó nuevamente al pico de la montaña donde al tocar tierra se preocupó más por el Fénix que seguía aferrada a su cuello.

—¿Qué le sucede?... Es algo más que la simple caída, puedo sentirlo —dijo Elizael en un tono preocupado.

Sabrina lentamente fue separándose de Elizael al oírlo decir que sentía que algo más pasaba. ¿Acaso Elizael había visto su visión? Lo cierto era que la sensación de haber caído al vacío le causó pánico. No era lo mismo que lanzarse de un bungy jumping donde sabes que hay algo sujetándote, no. Había sido una experiencia algo fuerte y más al ver al príncipe elfo ser consumido por el Caos. Tenía que encontrar a Andrew y ayudarlo de alguna manera. No podía dejar que el príncipe perdiera su ser, su esencia, su alma. Sabrina levantó la vista para toparse con los ojos de Elizael que intentaban escudriñarla. La mirada juguetona y traviesa que siempre esbozaba ahora era una seria y de genuina preocupación. Esa mirada le recordaba a alguien familiar. Sabrina no emitía palabra alguna y al sentir la mano de Elizael en su rostro la imagen de Body llegó a su mente. Un leve susurro se le escapó "¿Body?".

Elizael cambió su expresión a una de sorpresa y Sabrina igualmente sorprendida rompió el abrazo que le estaba dando el príncipe sieger. Sabrina se encontraba cabizbaja y comenzó a disculparse.

—Lo siento, solo me distraje y caí al perder la concentración.

Elizael vio que alguien los observaba a la distancia, era su hermano Body quien había llegado hasta allí y se notaba preocupado y triste. El príncipe sieger regresó la expresión juguetona y traviesa en su rostro observando a Sabrina.

—¿Te sientes mejor?

—Sí —contestó observándolo al rostro con determinación.

—Bien, entonces comencemos desde cero —dijo tomándola nuevamente en los brazos y elevándose aún más alto que la primera vez—. Desde aquí tendrás más distancia para hacerlo. Te soltaré a la cuenta de tres.

—¿Desde aquí?

—Uno.

—No me vas a dar tiempo de concentrarme...

—Dos.

—Espera...

—Tres —dijo soltándola.

Sabrina cayó dando un grito "TE VOY A MAAAAA...". Body no creía lo que su hermano estaba haciendo.

—¿Qué esperas para ir por ella guardián? —gritó Elizael a su hermano.

—¡Idiota!, ¡¿qué estás haciendo?! —gritó Body volando hacia Sabrina.

—¡Luego me darás las gracias! —dijo Elizael riendo y marchándose del lugar.

Velozmente Body llegó hasta Sabrina tomándola en sus brazos y llevándola hasta tierra. Cuando Sabrina colocó sus pies en el suelo, se alejó de él temblando de pies a cabeza toda despeinada. Body trataba de acercarse para acomodarle el cabello pero Sabrina salió gritando.

—¡¿DÓ...DÓ...DÓNDE RAYOS ESTÁ TU HERMANO!? —sus ojos comenzaron a cambiar de color.

—Sabrina debes calmarte.

—¡¿DÓNDE ESTÁ?! ¡Lo hizo a propósito, me las va a pagar! —su voz estaba alterada.

—¡Debes calmarte o explotarás media montaña! —dijo Body alzando la voz.

—¡Maldita sea esto! ¡Ya no aguanto más! —dijo colocando sus manos en su rostro.

Body se acercó a ella y la abrazó.

—¡No me toques!, aún estoy molesta, ¡FURIOSA! —gritó Sabrina intentando romper el abrazo.

—Ayudaré a calmarte por favor. Respira hondo, conmigo. Mírame a los ojos.

—¡No me molestes!

—¡Sabrina! —gritó Body colocando sus manos en el rostro de ella.

Sabrina levantó la vista con sus ojos púrpura y húmedos a punto de derramar lágrimas.

—Detesto perder el control.

—Lo sé, solo mírame y respira —dijo acariciando sus mejillas con el pulgar de sus manos.

Sabrina fue calmando su enojo y quedó inmersa en la mirada de Body que sin darse cuenta ya estaba casi sobre sus labios. Sabrina intentó retroceder al darse cuenta de su cercanía pero ya era demasiado tarde. Body ya había posado los labios sobre los suyos. La sensación de paz profunda nuevamente la invadió. No se sentía estar tocando tierra y se dejó llevar. Luego de unos minutos de paz placentera la sombra de sus pesadillas llegaron a su mente. La misma pesadilla que se repetía varias noches atrás y que pensó haber dejado en el olvido. El temor de lo que pudiera pasar si continuaba aferrándose a él la obligó a interrumpir el beso y separarse de su guardián. Body la observaba con una expresión inescrutable sin romper el abrazo. No deseaba separase de ella, no en ese momento.

—No podemos, esto no puede suceder. No podemos permitir

que pase —dijo Sabrina colocando sus manos en el pecho de Body para alejarlo.

—Ya es algo que no puedo controlar Sabrina, yo te...

—¡No Body! Esto pone en riesgo la misión y te pone en riesgo a ti.

—Es mi decisión...

—No puedo dejar que te pase algo por mi culpa. Si algo llegara a...

—Soy tu guardián, es mi deber.

—No soportaría ver que te maten! —dijo casi en un grito de impotencia—. ¡No puedo hacer esto sola! ¡Te necesito a mi lado!

Body colocó sus manos en los hombros de Sabrina y trató de hablar de manera conciliadora.

—Mi deber es dar la vida por mi reino.

Sabrina levantó la vista hacia él. Respiró profundo y exhaló el aire lentamente, ahora su voz se tornó serena y madura cuando le habló.

—Y mi deber es salvarlo. Tomar el puesto que nos toca en esta guerra, es lo que debemos hacer. No es solo por ti, todo Égoreo depende de nosotros —dio otro suspiro para tomar fuerzas. Sabía que tenía que frenar lo que estaba pasando entre ellos, o ambos podrían morir—. Así que este sentimiento debe parar aquí, por el bien de todos.

Body dejó caer los brazos en rendición. La voz de Sabrina tenía el matiz de la realeza. Había madurado, había crecido y cada vez se acercaba a ser el Fénix que tanto su mundo esperaba con ansias. «Ella es el Fénix y yo su guardián». Body dejó marchar a Sabrina de su lado. Por el bien de su mundo tenía que dejar a un lado ese sentimiento, si tan sólo no hubiera cedido su marca, él podría estar al lado de la mujer a quien amaba.

El joven sieger llegó a las cascadas y se sentó bajo ellas dejando el agua fluir y que calmara su espíritu. Su mente no podía dejar de pensar en las palabras del Fénix cuando escuchó la voz de su hermano frente a él.

—¡Vaya, vaya! ¿Tanta acción hubo que tuviste que venir a la

cascada a calmarte? —dijo Elizael con su acostumbrada forma traviesa.

Body se levantó seriamente y salió de la cascada.

—¡Ya basta! Nada pasó y nada pasará. Solo soy su guardián ¿lo olvidas? —La reacción de Boadmyel había tomado por sorpresa a su hermano mayor. El sentimiento de culpa comenzó a invadirlo.

—¡No, no lo olvido y cada vez que veo esta marca lo recuerdo! —dijo Elizael enseñando su brazo con la marca del espiral que simbolizaba su clan y su elemento—. Como desearía arrancármela y devolvértela —dijo con amargura en su voz.

—¡Jamás digas eso!, el precio es muy alto.

—¡Mi destino era morir ese día!

Body comenzó a recordar lo que sucedió catorce años atrás en tiempo de Égoreo. Un pequeño Boadmyel de ocho años trataba de huir de su hogar para seguir a su hermano mayor cuando escuchó la conversación de su madre con un miembro del clan zauberer, una Banshee.

—¿Estás segura de tus visiones banshee? —suplicaba la madre de Body.

—Sabes muy bien que he venido solo para advertirte. No debes intervenir.

—¡Mi hijo morirá!

—Y ese es su destino, no intentes transgredirlo porque el precio será muy alto.

—Hace años me dijiste que mi hijo tendría un destino importante y ¿ahora me dices que morirá?

—Siara, entiende que solo se me es mostrado lo que puedo decir. Y sé lo que harás para salvarlo. Así que te suplico que no intervengas con el plan del Creador.

—¿Esto es plan del Creador?. ¡No! El Creador no permitiría que un niño muriera.

—Su destino ya está escrito y por el bien de tu familia no debes intervenir.

El pequeño Boadmyel salió de su hogar corriendo en busca de su hermano Elizael. Había oído a su hermano hablar con sus amigos sobre el reto del "lago prohibido". Muchos jóvenes habían perdido la vida tratando de llegar al fondo del lago donde se decía que habitaban las almas de las sirenas castigadas por el Creador tras llevarse la vida de los marinos. El joven que lograra zambullirse y salir exitoso con las algas que se encontraban en el fondo era considerado un futuro soldado y digno de la marca. Pero, en el clan sieger esa marca ya había sido concedida al hermano menor desde su nacimiento. Siara adoraba a su primogénito, Elizael y siempre pensó que él sería el destinado a la marca ya que la banshee le había dicho que su hijo llevaría una gran misión. Su parto había sido uno difícil y Elizael había logrado sobrevivir siendo tan pequeño. Era muy sobreprotegido por su madre, tanto que al nacer Boadmyel con la marca en su brazo, siempre la ocultaba para que su hijo mayor no se sintiera inferior.

Esa tarde Boadmyel sabía que su hermano haría el reto. Si la banshee había ido a su hogar advirtiendo el peligro, lo más seguro Elizael moriría haciéndolo. Boadmyel llegó hasta el lago donde se encontraban un grupo de jóvenes de todos los clanes. Elizael estaba a punto de saltar al lago cuando Boadmyel lo agarró por el brazo.

—Eli tenemos que hablar…

—¿Qué estás haciendo aquí? Lárgate y vuelve a casa —dijo Elizael sacudiendo su brazo.

—Pero Eli la banshee dijo…

—Te dije que te fueras. Papá te estará buscando pronto.

Uno de los amigos de Elizael se le acercó a Boadmyel tomándolo del brazo llevándolo hasta la orilla de la pendiente que daba al lago.

—¿Que el pequeño Boadmyel quiere hacer el reto? ¿Quieres luchar por la marca? —le decía un mächtig burlándose.

—Déjenlo en paz. Él no tiene la edad suficiente ni la fuerza para hacer el reto —advirtió Elizael.

—¡Vamos, deja que haga el reto! Mira ya se va a tirar ¿verdad? —decía el mächtig mientras le daba un empujón a Boadmyel que lo hizo caer al lago y hundirse.

Elizael empujó al mächtig y se lanzó al lago tras su hermano junto con un zauberer. Boadmyel no sabía cómo controlar sus alas en el agua lo que le hacía hundirse más. De pronto, sintió que algo lo tomaba del pie y lo halaba más profundo. En su mente escuchó una voz de mujer que decía "El marcado es mío". Cuando miró hacia su pie vio el espíritu de una sirena que lo halaba hacia la profundidad. En ese instante Elizael le pasó por el lado atacando a la sirena haciendo un torbellino en el agua liberando el pie de Boadmyel. El zauberer tomó el niño llevándolo a la superficie mientras Elizael seguía luchando con la sirena para poder escaparse.

—¡La sirena tiene a Elizael! —gritó el zauberer arrastrando a Boadmyel a la orilla del lago.

El mächtig que había lanzado a Boadmyel se zambulló al lago convirtiéndose en dragón. Vio a Elizael en la profundidad con un espectro en forma de sirena encima de él. El dragón lanzó un rayo hacia la sirena haciendo que la misma huyera dejando a Elizael en el fondo inconsciente. Nadó hasta donde estaba el sieger y lo llevó hasta la superficie sin vida. La madre de Elizael y Boadmyel llegaba justo cuando colocaron en el suelo el cuerpo de su hijo mayor.

—¡No! Esto no está pasando —gritaba desesperada tocando el pecho de su hijo.

Boadmyel se arrodilló al lado de su madre llorando en incredulidad. Su hermano había muerto ese día, pero fue el resultado de arriesgarse por salvarlo. Al abrazar a su madre buscando consuelo ella lo empujó intentando inútilmente resucitar al hermano mayor dándole en el pecho.

—Tu marca —dijo Siara casi ahogada en llanto a su hijo menor —. Sálvalo.

—¿Cómo puedo hacerlo?

La madre desesperada tomó la mano de Boadmyel levantando su manga hasta hacer visible la marca de su clan. Sacó de su bolsillo una piedra aguamarina y con la punta de la misma cortó su mano. Tomó la mano de su hijo menor y la colocó en el pecho de Elizael.

—¿Estás dispuesto a salvar a tu hermano? —dijo Siara a su hijo.

—Sí, lo que tú digas mamá —dijo Boadmyel con un movimiento de cabeza.

—¡Señora, eso es magia prohibida! —gritó el mächtig tratando de acercarse.

Ante el desespero de Siara y el temor de que la alejaran del cuerpo de su hijo, con un movimiento de su mano libre creó un torbellino de viento alejando al mächtig e hizo que los demás jóvenes presentes se alejaran del lugar. Una sombra negra se asomó en los ojos de la madre en el momento que apretó su mano que estaba cortada con la aguamarina derramando su sangre en la boca de Elizael. Boadmyel estaba comenzando a temer por su madre, estaba utilizando magia prohibida y recordó lo que la banshee le había advertido. Siara comenzó a recitar unas palabras que el niño no entendía. Boadmyel comenzó a sentir su cuerpo adormecido y su marca comenzó a borrarse en el momento que su madre terminó de recitar. El hermano menor quedó aturdido y un brillo comenzó a pasar del cuerpo de Siara al de Elizael. El padre de ambos siegers llegó justo cuando Boadmyel cayó sin fuerzas.

—¿Qué has hecho mujer? —gritó sorprendido el padre.

—Lo que cualquier madre haría por salvar a su hijo. Ahora podrá vivir y llevará la marca como siempre debió haber sido —dijo desvaneciéndose como la neblina.

Boadmyel había perdido la consciencia luego de ver a su madre desvanecerse. ¡Hasta dónde llega la abnegación y obsesión de una madre por darle a su hijo lo que desea! A pesar de la preferencia de la madre hacia Elizael, ambos hermanos crecieron amándose. Su padre, el general del ejército de Égoreo los crió fuertemente para ser soldados, disciplinados y fieles a su mundo aunque en su vida familiar siempre estuvo el remordimiento del sacrificio de Siara por la inmadurez de sus hijos ese día.

Body despertó de los recuerdos de aquel incidente. Vio a su hermano frente a él con un semblante de frustración.

—Jamás vuelvas a menospreciar el sacrificio que mamá hizo por ti —dijo Body con remordimiento.

—¡¿Sacrificando su alma, tu marca, tu destino?! —gritó Elizael—. No sabes lo culpable que me siento. Si no fuera por ella ahora estarías con tu amada Fénix y ninguno de nosotros estaríamos pasando por todo esto. ¡Ese era tu destino, no el mío!

Body estaba sin palabras. Le dolía el sacrificio de su madre, el recuerdo de ella y de todo lo que había sufrido mientras crecía. Vivir con un padre que los culpaba por la muerte de su madre, intentar frenar su corazón como un buen soldado, olvidar lo que es amar, solo se le permitía luchar por honor y por su mundo. Todo lo que habían pasado hasta ese momento había comenzado con el sacrificio de su madre y Elizael tenía razón. Pero jamás retrocedería en el tiempo para perder la vida de su hermano, aunque eso le hubiese costado la marca. Body entendía el dolor de Elizael, por eso no le discutió más y se marchó de su lado esa noche sin antes informarle lo que vio en Égoreo antes de regresar.

—No podemos volver al pasado, eso lo tenemos claro. Ahora hay que buscar la manera de salvar a Égoreo y a nuestro padre.

—¿Lo viste? —preguntó Elizael preocupado.

—Sí, y sus alas ya están oscuras, pero creo que para él aún hay esperanzas.

—Entonces hay que apresurarnos.

—Ahora todo dependerá del Fénix.

Sabrina regresaba del bosque al campamento. Allí encontró a todos junto a la fogata, todos excepto Elizael, Body y Andrew. Notó la presencia del viejo gnomo junto a Caleb y comenzó a acercarse. Al ver la reunión con los recién llegados su corazón se aceleraba y sentía una fuerza que salía de su interior. Ya había entendido su misión, el propósito de su vida. Era tiempo de madurar y asumir su responsabilidad por el bien de su mundo y de los que amaba. Muchos habían dado su vida para que viviera. El recuerdo de Sarah, Clara, el tío Sam se hicieron presente en su mente. Muchos se habían sacrificado por este momento, como su madre y su padre a quien nunca pudo conocer. Aunque había perdido los recuerdos de Égoreo, donde nació, ya lo había hecho suyo. Su reino, su gente, su familia dependía del regreso del último Fénix; y esa era su marca, su destino.

Tamish observó a su hermana allegarse hasta ellos, pero notó en ella algo diferente. Se acercó a Rubí quien estaba asombrada.

—Hay algo diferente… —decía Tamish cuando su madre lo interrumpió.

—¡No puedo creerlo! ¿Nathaniel? —exclamó Rubí llevando sus manos a su rostro en incredulidad.

Todos oyeron la exclamación de Rubí quien cayó de rodillas al suelo como si estuviese viendo una visión. Alguien se estaba acercando al campamento rodeado de un aura dorada, tan fuerte que sólo podía ser una persona. Solo habían conocido a alguien con esa presencia.

—¡Nathaniel! —exclamó Caleb en un suspiro ahogado.

Los soldados y los príncipes al oír el nombre del rey se colocaron sobre una rodilla en reverencia a la realeza. Mathew estaba confundido ante la escena y Amy lo haló de un brazo hasta hacerlo inclinarse. "El Fénix ha vuelto" dijo la gelehrt en un susurro a Mathew. Wendel comenzó a caminar como si estuviese hipnotizado ante la figura que se acercaba a ellos. El gnomo quien fue antes el chützend del rey cayó de rodillas ante el Fénix.

—¡El Creador sea glorificado! Al fin mis ojos son testigos de lo que anhelaba durante tantos años. El Fénix ha regresado.

En el bosque la luz potente que emanaba del campamento llamó la atención del príncipe sieger y su hermano. Al llegar ambos, Elizael detuvo su marcha cayendo de rodillas al suelo al ver el resplandor que una vez conoció en el rey de Égoreo. Body siguió tras su hermano sorprendido. Su corazón sentía una fuerza y una paz indescriptible. Sabrina había despertado.

La visión ante los ojos de los presentes era la del rey fallecido. Nathaniel rodeado de un resplandor que casi cegaba estaba frente a ellos. El rey sonrió compasivamente al gnomo que estaba de rodillas ante él sumergido en llanto. Se inclinó sobre una rodilla y colocó su mano en el hombro del zauberer quien levantó su mirada asombrado para toparse con una mirada compasiva, llena de amor. Esos ojos verdes reflejaban esperanza. La luz fue atenuándose hasta que todos lograron ver quien emanaba el aura del Fénix. Sabrina se encontraba llena de resplandor frente al gnomo y con una dulce sonrisa le dijo.

—Gusto en conocerte, Wendel.

—¡Es increíble! —decía Rubí sin salir de su asombro ante la experiencia vivida.

—Definitivamente tu entrenamiento está por concluir — expresó Caleb.

Todos se encontraban reunidos junto a la fogata. En la mente de los presentes no dejaba de aparecer la imagen de Sabrina con el aura del rey Nathaniel, el Fénix. Wendel había llegado directamente a ella, como si hubiera esperado ese momento. ¿Cómo el gnomo sabía de la existencia del Fénix si había estado desaparecido en la Tierra desde la muerte de Daven?

—Nathaniel me había encomendado ayudar al Fénix, antes de morir. No podía regresar ya que en Égoreo me buscaban por traición. Esperé cuarenta años para este momento —explicó Wendel.

—¿Entonces, Nathaniel te ayudó a escapar? —preguntó sorprendida Rubí.

Wendel hizo un gesto afirmativo y miró a Caleb quien levantaba tímidamente la mano mirando a Rubí. "Fue un secreto entre Nathaniel y yo que no podía romper" explicó ante la mirada asombrada de Rubí a quien habían dejado al margen de ese detalle.

—¿Cuarenta años? ¿No me dijiste que ellos eran amigos desde jóvenes en su "escuela"? —preguntó Mathew a Amy en voz baja.

—Sí, recuerda que nuestro tiempo es diferente en la Tierra y en Égoreo.

—¡Ah! Ya dudaba de lo que me habías dicho viéndolo anciano.

Wendel dirigió su mirada hacia Mathew y dijo.

—Jovencito los gnomos tenemos buen oído. No soy un anciano, viviré más que tú —dirigió su mirada a los príncipes y a Caleb—. Según me han explicado no pudieron recuperar la espada de Nathaniel.

—Era imposible. Claus siempre estaba cerca de ella —dijo Tamish.

—¡Ese gelehrt unverschämt! —exclamó el gnomo cerrando los puños—. Entonces necesitamos las piedras para forjar una nueva. Las piedras de todos los clanes, inclusive la labradorita del Fénix.

EL FÉNIX: LA GUERRA POR ÉGOREO

—¿Cómo sabe que tengo una? —dijo asombrada Sabrina.

—Digamos que se lo encomendé a cierta persona —dijo Wendel sonriendo.

—¿Jiroshi? —Preguntó Mathew asombrado.

—Todos estamos conectados de una manera u otra jovencito —dijo Wendel riendo.

Cada parte del rompecabezas estaba encajando poco a poco. Todo lo que había llegado hasta ellos no había sido casualidad alguna y ahora lo estaban comprendiendo.

—Entonces por favor, cedamos nuestras piedras —dijo Caleb dando a Wendel su Jade.

Elizael dio su amatista, Harald dio un zafiro, Einar entregó su ónix y cuando Wendel se dirigió a Ériniel detuvo su marcha.

—Tú no eres el príncipe zauberer. ¿Dónde está él?

—Ahora que lo mencionan, el no regresó al campamento —dijo Einar.

Sabrina estaba preocupada. Ella sabía lo que le había acontecido al príncipe elfo; el Caos estaba tratando de invadirlo. Andrew debía estar llevando una lucha interna fuerte en algún lugar de esa interdimensión y tenía que encontrarlo antes que fuera consumido.

—¿Entonces lo buscamos? Mientras más rápido Wendel comience a hacer la espada será mejor —dijo Elizael.

—Ya es tarde y creo que tanto Wendel como Tamish y los demás están exhaustos por el viaje. Yo diría que mañana lo hagamos, estoy segura que Andrew ya estará aquí en la mañana —dijo Sabrina.

—Es cierto, el elfo come mucho a pesar de lo delicado que se ve, no faltará al desayuno —dijo Einar.

Todos se retiraron a sus cabañas excepto Body. Algo le daba mala espina. Recordó la visión que tuvo en Égoreo del príncipe zauberer acercándose a Sabrina, el temor que había provocado en ella y la aparición de una sombra en sus ojos. Aún sentía el lazo con ella, sabía que se sentía preocupada y apostaría lo que fuera a que esa preocupación llevaba el nombre de Andrew.

Entrada la noche Sabrina salió de su cabaña silenciosamente para no despertar a Amy ni a Rubí quienes le acompañaban.

—No creo que Andrew haya regresado. Recuerdo que había agua en la visión. ¿La cascada?

—No lo creo —dijo Harald tras ella.

Sabrina se sobresaltó pues no esperaba que alguien estuviera despierto y mucho menos se percatara de su huida.

—¿Qué rayos haces despierto? —se le escapó en un grito ahogado.

—Creo que lo mismo que tú milady.

—¿A qué te refieres?

—Andrew no ha llegado, y como dijo Einar, es raro que no se presentara a cenar.

—Solo estoy preocupada.

—¿Es por la oscuridad que escapó de Tamish cierto? ¿Teme que lo haya seducido? También he notado algo raro en él.

—Necesito ir sola.

—No milady, no la arriesgaría a que le fuesen a hacer daño.

—Andrew no me hará daño. Además, estoy entrenando para enfrentar al Caos en todo Égoreo. Una sola persona no podrá detenerme.

—Sea como sea, iré contigo.

—Cuando lo encontremos, no intervengas. Necesito hablar con él a solas.

—Aunque no me agrade tu petición, la respetaré.

Body llegó hasta las cascadas buscando a Andrew.

—Cuando la oscuridad intentó seducirme solo podía pensar en purificarme con agua. Andrew no ha estado en las cascadas porque yo he pasado mucho tiempo aquí. Debe estar en otra parte del río.

Boadmyel continuó siguiendo el curso del río por el aire hasta llegar casi al borde de esa dimensión. El príncipe zauberer se encontraba lanzando flechas a la pared multicolor.

—Es un… tratando de huir.

El sieger se lanzó hasta llegar frente al elfo y agarró su arco justo antes de que lanzara otra flecha.

—¡¿Qué cree que está haciendo?! —preguntó Body mirándolo fijamente a los ojos.

—Aléjate sieger. ¿Cuántas veces tengo que repetir que no intervengas?

—¿Piensas abrir un portal a la fuerza?, ¿Para qué? Para que el Caos entre por completo.

—Necesito salir de aquí.

Body sintió que algo lo había agarrado de los pies y lo lanzó alejándolo del lugar. El zauberer había invocado su elemento. Ese príncipe elfo lo había atacado. Ya no tenía duda alguna que algo tramaba y lo iba a detener. Extendió sus alas y frenó la velocidad con la que había sido expulsado. Sacó su espada y se lanzó en picada para atacar al príncipe de los zauberer. El arco del elfo detuvo la estocada del sieger quedando cruzados frente a frente.

—Dije que tengo que salir de aquí.

—No voy a dejar que huyas como un cobarde para avisarle al Caos del Fénix.

—Eres un iluso, no entiendes nada.

La tierra bajo los pies de Body se abrió y lo hizo caer. Andrew hizo desaparecer su arco y aparecer su espada. Cuando se lanzó hacia Body este salió de un salto contestando al ataque con la espada.

—Sé lo que intentaste hacer con ella, y no te lo perdonaré.

La expresión de Andrew cambió por completo. Una sonrisa maliciosa se dibujó en sus labios. Su voz comenzó a oírse más grave.

—¡Ah! Ya comprendo. ¿Así que de eso se trataba? Tus celos te están gobernando.

—Deja de decir tonterías elfo —dijo Body contestando el ataque del príncipe que estaba siendo controlado.

La lucha comenzó a intensificarse y Andrew no desaprovechó la oportunidad de encender la furia en el guardián que visible-mente estaba consumiéndose por los celos. Tras cada espadazo le arremetía con su triste realidad.

—Sabes que nunca podrá ser tuya y eso te molesta.

—¿Qué?

—Admítelo. Solo podrás verla de lejos, tal vez como cuñada, eso sería patético.

—¡SILENCIO!

—Si sacaras a los príncipes del medio podría ser tuya, piénsalo.

—¡Soy su guardián y la protegeré a toda costa!

—Sí que eres patético, verla ser consolada por otro, acariciada por otro, besada por...

Body no podía contener lo que estaba sintiendo. Cada palabra que Andrew decía estaba cargada de provocación, pero de una desgarradora verdad. Ya sentía un profundo dolor en su corazón. Luego de haberla tenido en sus brazos y haber tenido sus labios le era difícil aceptar su realidad y ahora esta marioneta del Caos se lo estaba estrujando en su cara... el Caos... ¡El Caos! ¡No podía dejarse engañar del...

—... besada por otro y luego que se case no serás tú quien la haga suya.

Body no pudo aguantar una palabra más y dio un espadazo mientras le gritaba con todas las fuerzas de sus pulmones "!NO, No permitiré que digas una palabra m...!".

En ese preciso instante una ráfaga fuerte de viento se interpuso entre ambos separándolos. Body cayó sobre Harald arrastrándolo hacia el bosque mientras Andrew paró contra un árbol el cual a su vez lo apresó con sus ramas. Body se levantó del suelo para correr nuevamente hacia el lugar pero Harald lo detuvo.

—¡Basta Boadmyel! Ahora deja que el Fénix se encargue de esto.

Andrew estaba casi convulsando resistiéndose ante la presión del Caos que lo estaba atacando al mismo tiempo que atacaba los sentimientos del sieger.

—Andrew mírame —ordenó Sabrina.

—No princesa, aléjese.

—No voy a dejarte.

—No quiero lastimarla, yo la am...

—¡Escúchame!, si en tu corazón aún queda amor puedes luchar contra la oscuridad que te está atacando. Recuerda tu pueblo, te esperan para que los guíes. Tus amigos, tu familia y yo; te necesito a mi lado para recuperar nuestro hogar.

—Yo... —Andrew seguía luchando en su interior, la oscuridad

le susurraba al oído "Solo lo dice para debilitarte y luego deshacerse de ti. Ella no te ama"—. ¡NO!

Sabrina veía la lucha que el príncipe llevaba en su interior. La marca de su brazo brillaba intensamente. Si no lo ayudaba y su marca desaparecía lo perdería para siempre. Se acercó al príncipe y colocó sus manos a ambos lados de la cabeza. El Fénix comenzó a destellar. Andrew quedó sumergido en una visión. Vio a Sabrina resplandeciente como la aurora de la mañana. Sintió su cálido amor, no un amor pasional, más bien un amor maternal. Ella le extendió su mano y en su destello vio el rostro de su familia, su hermana Rose y los niños de su clan. "Mi pueblo me necesita y quiero estar a su lado" dijo al tomar la mano del Fénix. La visión desapareció y fue como si un manto oscuro se alejara de su cuerpo. El árbol liberó al elfo de su prisión y cayó de rodillas. Sintió unos brazos cálidos que lo envolvieron dándole seguridad y alivio. Frente a él estaba ella, tan hermosa y sonriente como siempre. Ahora estaba más prendado del Fénix, más que la primera vez.

Cuando Harald y Body se acercaron Sabrina ayudaba a Andrew a levantarse del suelo.

—Milady, ¿Se encuentra bien?

—Sí Harald gracias por ayudarme —Sabrina dirigió su mirada a Body. El sieger quedó tan intimidado y avergonzado frente a ella que solo pudo bajar la cabeza.

Body observó una mano extendida y al levantar la vista el príncipe zauberer estaba frente a él.

—Lamento todo lo que dije.

—No se preocupe su alteza, sé que era la oscuridad y no usted.

Andrew se volteó hacia Sabrina y sonriendo le dijo señalando al árbol que lo había apresado.

—¡Vaya! ¿Cómo lograste anular mi poder ante mi propio elemento?

—Tuve un buen maestro, además yo, soy el Fénix —Andrew percibió en su voz el matiz de la realeza. Definitivamente la antigua profecía de su pueblo se estaba cumpliendo. Lo había visto en su visión cuando fue rescatado. "Cuando el Caos reinara, el Fénix se levantará como la aurora de la mañana y su fuego destruirá las tinieblas trayendo la paz". Se inclinó sobre una rodilla y dijo.

—Será un honor luchar a su lado mi reina.

Cuando Sabrina regresó al campamento junto a Harald, Body y Andrew ya había amanecido. Cada uno de ellos recordaba la advertencia que Sabrina le había dado. "Lo que sucedió esta noche quedará entre nosotros. Ni una palabra a Caleb. ¿Entendido?" Tamish y Einar estaban sentados ante el pórtico de la cabaña de Sabrina.

—Buenos días princesa... y caballeros —dijo Einar con los brazos cruzados sobre el pecho.

—Buenos días Einar. Hola Tamish —saludó Sabrina tras un bostezo.

—¿Entrenamiento nocturno? —preguntó Tamish.

—Sí, Ya Sabrina puede controlar todos los elementos. Si la hubieras visto estuvieras orgulloso de ella —dijo Andrew.

—Ya estoy orgulloso de ella sin tener que verlo —respondió Tamish.

—¡Ahh que conmovedor! La próxima vez me invitan a la fiesta. No me gusta quedar excluido —dijo Einar pasando por el lado de Harald dándole un manotazo en la espalda.

—Bueno los veré más tarde necesito dormir aunque sea unas horas —dijo Sabrina entrando a la cabaña.

Tamish se acercó a Andrew extendiendo la mano.

—Wendel está aquí. Necesitamos tu esmeralda.

—Lo sé, para forjar la espada —contesto Andrew entregándole la piedra.

—Ya están todas las piedras ¿cuánto tardará en hacerla? —preguntó Body.

—Einar y yo estaremos con Wendel preparando la espada. Tan pronto esté, se hará el entrenamiento final antes de partir a Égoreo.

El cielo comenzó a comportarse de una manera extraña. Se veía como si hubiera una tormenta en el exterior. Todos miraban al cielo preocupados. Caleb salió de su cabaña mirando al firmamento. Al ver a Tamish y a Einar con los príncipes zauberer y gelehrt se acercó a ellos.

—Espero que ustedes y Wendel terminen la espada a tiempo. La guerra ya ha comenzado en Égoreo.

EL DESPERTAR DE UNA REINA

*S*abrina se encontraba sentada sobre un tronco en el área de entrenamiento. Observaba todo el campo y su vista recorría todo el lugar que por semanas se había convertido en su hogar. La interdimensión que su padre le había dejado no tan solo le regaló su esencia, si no que le devolvió a su madre, hermano y familia. Body la observaba de lejos y tenía el deseo de poder estar a su lado, pero las palabras tan duras que ella le había dicho luego de aquel beso estaban fijadas a su corazón como una espina. Ella tenía razón. Aun así sus pies se estaban gobernando solos y se dirigían a ella como si se tratara de un imán. Solo faltaban pocos pasos para acercarse al lugar donde estaba cuando por su lado pasó Harald hasta llegar a ella. Body despertó del trance que lo hacía moverse y se detuvo de golpe sorprendido consigo mismo. Vio a Harald sentarse al lado del Fénix y dio la vuelta para retirarse.

—¿Qué estás haciendo Sabrina? —dijo el joven sabio tan pronto se sentó a su lado.

—Solo estoy pensando en que todo esto parece una película.

—¿Película?... Ah, la magia de tu aparato.

Un estruendo como de trueno retumbó en todo el lugar lo que hizo que ambos jóvenes se sobresaltaran.

—¿Rayos? Nunca ha habido tormenta aquí —mencionó Harald asombrado.

—Tienes razón.

El cielo se veía como si hubiese una tormenta eléctrica.

—Quiero ir al borde de la dimensión —dijo Sabrina poniéndose de pie.

—¿Por qué?

—Esto es definitivamente extraño y no creo que sean Tamish y Einar haciendo la espada con Wendel.

Cuando se dirigían hacia el bosque Mathew y Amy se toparon con ellos.

—¿Escucharon eso verdad? —dijo Mathew mirando al cielo.

—¿Dónde está Caleb? —preguntó Sabrina.

—Está con Wendel y los mächtig —contestó Amy.

—¿A dónde van? —preguntó Mathew cruzándose de brazos con suspicacia en su mirada.

—Al borde de esta dimensión. Definitivamente algo está pasando —dijo Harald.

—Los acompañamos —dijo Mathew.

Body estaba llegando al borde de la dimensión cuando encontró a Andrew colocando sus manos en algunos árboles que estaban secándose. Luego de haber visto que ese elfo había sido invadido por la oscuridad aún dudaba de él. Se acercó seriamente al príncipe zauberer. Andrew advirtió su presencia y dijo en voz alta.

—No seas desconfiado sieger. Solo estoy sanando a los árboles.

—¿Qué sabes sobre lo que está pasando? —dijo señalando al firmamento.

—¡Qué! ¿no te has dado cuenta? Esto solo significa una cosa. Si recuerdas lo que dijo Caleb, Égoreo ya está en guerra y el Caos está ganando. Ni yo mismo sé si lo que intento con estos árboles funcionará.

Un árbol grande y seco comenzó a caerse y Andrew lo desvió del paso donde caería. Body se quedó inmóvil al sentir el tronco caer a su lado.

—Sé lo que piensas de mí, pero estoy aquí por mi pueblo, por mi reino y por ella.

—Lo sé. Yo también estoy aquí por Égoreo y por ella. Soy el guardián del Fénix y nunca me alejaré de su lado.

En ese momento llegaron Sabrina y Harald acompañados de Amy y Mathew.

—¿Están investigando al igual que nosotros qué diablos pasa aquí? —dijo Mathew.

—Los árboles están muriendo poco a poco y cuando pasamos por las cascadas ya estaban secándose. Esto no me gusta nada —dijo Sabrina.

—¿No le dijo Caleb la razón? —preguntó Andrew.

—Por lo visto tú eres el único que me dices las cosas por aquí —argumentó Sabrina mirando enojada a todos sus amigos.

—Milady por favor no se exaspere —trataba de hablar Harald cuando Sabrina lo miró con ironía. El sabio sonrió tímidamente ante aquella mirada—. Caleb solo mencionó que la guerra ya comenzó en Égoreo.

—¡¿Qué?! ¡Algo tan importante y me dices que solo es eso!

Sabrina no podía creer lo que oía. Esto significaba que su momento ya estaba cerca. Vería con sus propios ojos el cumplimiento de sus pesadillas. La guerra, ángeles y dragones cayendo por todos lados. Se estaba entrenando, había aceptado su destino pero, ahora saber, internalizar que pronto empuñaría una espada contra miembros de su reino le desconcertaba.

—Que conste para récord que yo no sabía nada —dijo Mathew y Amy le dio un codazo.

—No es tiempo para esto ahora Mat —dijo Amy en voz baja.

Sabrina dio la espalda y comenzó a caminar con una respiración agitada.

—¡Princesa! ¿Se encuentra bien? —preguntó Andrew preocupado e intentó acercarse a ella cuando Mathew le tomó del brazo. Andrew se sorprendió que el humano le agarrara de esa manera—. ¿Disculpa?

—Necesita asimilar esto nuevamente. Ahora no es solo un entrenamiento más, ahora es lo real. Ella sabe a lo que está a punto de enfrentarse y sabe que no será fácil —dijo Mathew con un semblante serio a lo que el elfo suspiró con impotencia y dio un paso atrás.

—El peso que lleva encima es muy grande —dijo Amy.

—Eso lo sabemos, por eso no debería estar sola. Debemos estar a su lado —argumentó Harald.

—Para asimilar el peso de nuestra carga, a veces necesitamos solo escuchar nuestra voz interior —dijo Body alzando el vuelo.

Sabrina iba pensando en todo lo que estaba aconteciendo en ese momento. Oía el viento mecer las ramas y los truenos a la lejanía. «Pronto tendré que luchar contra parte de mi pueblo. ¿Cómo saber si les queda algo de alma? No quiero matar a nadie. No es mi destino destruir si no sanar. ¿Cómo voy a hacerlo?» su pensamiento se interrumpió cuando chocó con una pared fuerte cayendo sentada en el suelo. Al mirar hacia el frente unas botas enormes estaban frente a ella. Fue subiendo la vista poco a poco y comenzó a ver unas alas. "Body, ¿Por qué no me dejan sola?", pero al terminar de subir la vista se dio cuenta que estaba frente a Elizael.

—¿Estás bien?

—Sí, solo que… —comenzó a contestar hasta que recordó lo que el príncipe sieger le había hecho—. ¡TÚ! ¿En dónde rayos te habías metido? Sabes lo que hiciste. ¡Me dejaste caer al vacío! ¡¿Como te atreviste?!

—Su guardián estaba presente, además solo les brindé un momento para que pudieran hablar y aclarar las cosas.

—¿Aclarar qué?

—No lo sé, eso lo debe saber usted.

Sabrina respiró profundo dejando salir el aire de golpe y apretando los puños le dijo.

—Tú y yo tenemos cuentas que arreglar, pero será en otro momento. Ahora necesito estar sola.

Sabrina se levantó del suelo se sacudió el pantalón y le pasó por el lado siguiendo su camino sin dejar que Elizael pudiera decir algo. Cuando se aseguró de tener buena distancia de Elizael suspiró hondo mirando al cielo y viendo como cambiaba de color como si quisiera desaparecer. «Esto de salvar un mundo pesa demasiado» pensó. Volvió su vista hacia el frente y vio que estaba cerca del campamento donde observó a Rubí con Amy y Mathew llevando leña para la fogata. También vio a Harald, Andrew, los soldados que habían regresado con Tamish y Body quien miró hacia donde ella se encontraba al percibirla, pero no se movió. Luego miró hacia el otro lado del campamento donde se encontraban Einar, Tamish, Wendel y Caleb haciendo la espada. Solo observó unos minutos cuando en su mente algo encajó. "¡Tonta! no es el peso lo que te destruye, si no la manera en que lo cargas. No estás sola, los tienes a ellos y un pueblo que espera por ti". Cuando miró hacia el cielo nuevamente, lo hizo no con preocupación, si no con resolución en los ojos.

Todos se encontraban en el centro del claro que estaba rodeado por piedras enormes. Aquel lugar que se asemejaba a los parques ceremoniales de las culturas antiguas en la Tierra.

—Sabrina…

—¿Qué? ¿Cómo me acaba de llamar? —interrumpió Sabrina a Caleb—. No estoy soñando ¿verdad?

Al sabio se le dibujó una sonrisa en los labios y luego continuó.

—Solo colócate en el centro, por favor.

Sabrina se colocó en el centro del claro y todos los presentes se colocaron rodeando el lugar.

—Las piedras de este claro contienen calcita, esta piedra amplifica la energía —explicó Caleb.

—¿Qué tengo que hacer? —preguntó Sabrina.

Wendel se acercó con la espada en mano. Sabrina observaba al gnomo acercarse con aquel artefacto de guerra el cual llevaba la esencia de cada uno de sus amigos. Observó a todos alrededor uno a uno. Se sentía conmovida pero a su vez preocupada por ellos. Este entrenamiento tendría que hacerlo con más ahínco que cualquiera que hubiera tenido antes.

—¿Lista princesa?

Sabrina observó la espada en las manos del gnomo. Era larga

con una empuñadura brillante con la textura de las escamas de dragón. En el centro de su guarda estaba la labradorita, símbolo del alma que une los cuatro elementos. En toda la hoja hasta la punta se podía apreciar un brillo multicolor; era la mezcla de cada una de las piedras que sus amigos entregaron. Había una inscripción en su acanaladura que leía "Cuando todo se haya consumido por el fuego, de las cenizas renacerá la esperanza". Al apreciar dicha frase sus ojos se humedecieron sin saber el porqué.

—Esta inscripción la tiene la espada de tu padre. Ha llegado el momento en que este último Fénix reclame el trono y traiga la paz de vuelta a nuestro mundo —dijo Wendel con orgullo en su mirada entregándole la espada.

Tan pronto Sabrina tomó la espada en sus manos, esta comenzó a resonar. Apretó sus manos a la empuñadura sorprendida de la resonancia que estaba emitiendo. La vibración incrementaba y la calcita de las piedras circundantes comenzó a resonar al unísono El sonido aumentaba y con el aumento de este y su vibración la interdimensión comenzaba a desaparecer. Nadie entendía lo que estaba pasando. Se suponía que ahora entrenarían al Fénix en el manejo de tan poderosa arma, pero por lo que estaban presenciando esto solo significaba una cosa; Regresarían a casa. El contacto del Fénix con su espada era como encajar una llave al candado que abría la entrada hacia Égoreo. Tras una luz y un chillido potente, el cual se asemejaba a un águila con la fuerza de un animal prehistórico, la dimensión donde estaban terminó por desaparecer.

❦

El cielo estaba encendido en fuego ante el furor de la guerra. Dragones y ángeles se batían en una lucha escarnecida. Sangre, gritos, flechas que surcaban el cielo en todas direcciones. Al observar a su alrededor veía su pesadilla volverse realidad. Sentía un dolor desgarrador en su corazón. En un abrir y cerrar de ojos Body, los príncipes y su hermano estaban alrededor de ella, protegiéndola. Nadie esperaba llegar a Égoreo tan repentinamente y menos en medio de una batalla. Todos gritaban a la vez.

—¡Por el Creador! ¿Qué es todo esto?

—¿Qué pasó?

—¡Sabrina mantente tras nosotros!

—¡No se aleje princesa!

—¡Protéjanla a toda costa!

—¡Hay que sacarla de aquí antes que ellos se den cuenta!

En medio de toda la confusión alguien gritó el nombre de Elizael. La voz potente de un dragón llegó a ellos convirtiéndose en aquel mächtig que hacía tiempo atrás le había salvado de los espíritus de las sirenas.

—¡¿Arael?!

—¡Tenemos que irnos, nos aumentan en número por ahora! Sigan a los dragones.

Los gritos de varios dragones anunciaban la retirada del campo de batalla. Tamish y Einar se convirtieron llevando a Sabrina, Mathew, Amy y Rubí a sus espaldas. Una fila de sabios gelehrt cubrieron las espaldas de las tropas creando frente al enemigo un campo de fuerza permitiéndoles así llevarse a los heridos y escapar.

Sabrina observaba desde el cielo toda la destrucción en su reino. Su corazón se encogía al ver a todas direcciones. Los dragones llevaban elfos y gnomos, siegers y sabios heridos a sus espaldas. Otros siegers llevaban en brazos más heridos. Abajo en la tierra se podía divisar cuerpos sin vida de todos los clanes. Sentía su corazón desgarrarse en ver a su pueblo morir sin ella haber podido hacer algo por ellos. Pero, ¿Cómo lo haría ahora si ni siquiera había entrenado con la espada? "Dios mío ayúdame" fue el único susurro que escapó por sus labios. El dragón sobrevoló un volcán apagado, la voz tosca de Tamish convertido en dragón les advirtió:

—Sujétense fuerte. Hemos llegado.

Tamish se lanzó en picada por el cráter el cual era una mera ilusión. Dentro de este volcán estaban reunidas las tropas. Sabios, zauberes, siegers y mächtigs corrían a auxiliar a los heridos. Al tocar tierra Mathew bajó con dificultad del dragón y comenzó a ayudar a Rubí y Sabrina a bajar. Tamish se transformó acercándose de inmediato donde su hermana menor que aún mantenía una mirada perpleja.

—¿Cómo te sientes?

—Todavía no creo lo que he visto. Es desgarrador —Sabrina miró su espada con una mezcla de sentimientos—. No me hicieron una vaina a la espada.

—Puedes hacer que aparezca cuando la necesites. Solo tienes que visualizarlo y dejar fluir tu magia.

Sabrina soltó la espada y esta se enrolló en sí misma formando un brazalete dándole tres vueltas a su antebrazo. Harald, Body, Einar y Andrew llegaron corriendo hasta donde Sabrina.

—¿Princesa se encuentr...

—Estoy bien Andrew —comenzó a recorrer la vista por todo el campamento. Miró a su madre, Amy y amigos—. Ahora nos necesitan. Hay que sanar a los heridos.

Sabrina comenzó a recorrer el lugar ayudando a su madre y amigos a atender las heridas de sus soldados. Necesitaban reponerse si deseaba que estuvieran fuertes para la próxima batalla. No podían ceder su hogar al Caos, no lo permitiría.

Elizael llegó hasta Arael dándole un abrazo efusivo.

—¡Arael! Jamás pensé verte aquí. Creí que aún estabas con la guardia del castillo.

—Cuando percibí el Caos en el castillo y Claus no hacía nada, decidí llevar a mi familia lejos y renuncié a la guardia. Así fue como fui reuniendo el ejército que Nathaniel me encomendó.

—¿Nathaniel?... ¿Ejército?

—Él sabía que moriría y dejó varios encargos a diferentes personas. De hecho dejó esto para Rubí y para el próximo Fénix, supongo que ya sabes quién es —dijo entregándole dos cartas, estampadas con el sello del Fénix—. En cuanto al ejército, como vez, somos simplemente viejos soldados, desertores, campesinos y pueblerinos que aún no han sido consumidos.

—No me sorprende que el rey Nathaniel supiera como mover

sus fichas, siempre fue muy diestro en ajedrez —dijo Tamish acercándose junto a Einar.

Arael al ver al príncipe de su clan realizó una leve reverencia pero Einar puso su mano en el hombro del soldado evitando que se inclinara.

—Sabes que eso no va conmigo —dijo Einar con su acostumbrada jocosidad.

—Cuando volví al castillo por Wendel pudimos ver que el Caos ya había consumido la mayoría de los soldados, inclusive Claus no ha sido excepción a la tentación del mismo.

—¿Qué dices? ¿Mi tío? —Harald llegaba con Sabrina en esos momentos cuando escuchó la conversación—. Tamish, ¿por qué mantuviste silencio en algo tan importante? Debiste haberme dicho.

—¿Hubiéramos podido hacer algo al respecto teniendo en cuenta donde estábamos y lo que hacíamos?

Harald no pudo contestar. Tamish tenía razón, pero aunque nunca estuvo de acuerdo con algunas posturas de Claus, es familia. Le dolía tan solo pensar que ese mago fuerte hubiese caído a la tentación del Caos. Arael observó que con el príncipe gelehrt había llegado alguien más. Observó la familiaridad de los otros príncipes en la cercanía de esa extraña. «¿Sería una ninfa de bosque? ¿Una sanadora? Quizá, venía acompañada del joven sabio, pero se veía diferente a las demás ninfas. ¿Una gelehrt? ¡De ese tamaño! No», pensó. Sabrina se percató de la manera en que el soldado la miraba. Dio un paso hacia adelante extendiéndole la mano a Arael.

—Hola, mi nombre es…

Sabrina palideció. Estaba tan agotada y había consumido mucha energía ayudando a sanar a los heridos. Era la primera vez que lo hacia con más de una persona pues solo lo había hecho una vez en el entrenamiento con Harald. No tuvo tiempo de prepararse mejor, aquí todo resultó ser improvisado. Estaban en una guerra. Sabrina se desmayó y Harald logró atraparla antes que cayera al suelo. Al abrir los ojos se topó con las miradas de todos los que habían estado presentes en la conversación. Sus rostros estaban preocupados. Seguía en brazos de Harald aunque esta vez estaba en el suelo y Harald la sostenía para que estuviera casi sentada. Comenzó a ver a cada uno de ellos.

—Necesitas comer algo —decía Einar.

—Yo diría que necesita descansar. Todo ha sido muy repentino para ella —decía Harald.

—Repentino para todos —reprochó Einar.

—Sabes a lo que me refiero.

—Harald llévala para que descanse, luego hablaremos —dijo Tamish.

—Estoy bien —dijo Sabrina intentando levantarse pero las fuerzas le fallaron a sus piernas. Harald la agarró nuevamente.

—Milady por favor necesita reponer fuerzas.

Harald tomó a Sabrina por los hombros y la alejó del lugar. Arael observaba la manera en que todos la trataban, definitivamente era alguien especial.

—Y... ¿Quién es ella? —preguntó al no resistir su propio silencio.

—¡Ah! Disculpa Arael —dijo Elizael tras un suspiro—. Ella es la Fénix.

—¡¿Qué!? ¡¿Y por qué no me dijiste antes que estábamos frente al salvador de todo Égoreo?!

—Ya estar cerca de ella se nos hace tan natural que a veces olvido las formalidades —dijo Elizael observando en dirección a Sabrina con una sonrisa espontánea en los labios.

—A mí me pasa igual —dijo Einar encogiéndose de hombros.

El asombro en el rostro de Arael era evidente. No comprendía como los príncipes trataban a la futura reina de Égoreo así.

—Tenemos que discutir las estrategias de guerra y háblanos más de lo que ha ocurrido desde que no estamos —dijo Tamish interrumpiendo a los príncipes.

Rubí y Amy estaban trayendo comida cuando ven a Harald con Sabrina casi encima.

—¿Qué pasó? —preguntó Rubí preocupada acercándose a su hija.

—Solo está agotada necesita comer y descansar —respondió Harald.

Amy le ofreció una taza de té a Sabrina mientras la sentaban. Sabrina comenzó a dar pequeños sorbos mientras seguía observando el panorama. En un lado estaban soldados y pueblerinos entrenando, en el otro lado se encontraban los heridos. Observó como una sanadora tapaba el cuerpo de un sieger caído en batalla. Al lado del cuerpo, una mujer alada lloraba desconsoladamente. Al ver la escena, el campo de batalla llegó a su mente. Sentía su corazón encogerse ante ese recuerdo. Las vidas que se habían perdido le provocaron un dolor inmenso, un dolor de impotencia. Sentimientos desgarradores la invadieron. No tan solo estaba en empatía con su pueblo, pero de alguna manera absorbiera el dolor de su gente para sanarla. Comenzó a llorar sin entender primero por qué sentía todo eso. Amy se acercó a ella al verla agarrarse el pecho.

—¿Estas bien? —preguntó preocupada.

Sabrina no pudo contestar solo movía su cabeza en negativa.

—Está absorbiendo su dolor —dijo Harald señalando el área de los heridos. Amy observó en la dirección a la que señalaba el príncipe y pudo ver el llanto del pueblo por los caídos. Vio como el pueblo iba calmando los llantos pero a su vez Sabrina lloraba con más intensidad agrando su pecho cada vez con más fuerza.

—¡Sabrina cálmate no deberías hacer eso! —dijo Amy tratando de calmarla, pero ella seguía negando con la cabeza.

—Ya es tarde. Ella lo hace inconscientemente —indicó Rubí mirando hacia los heridos.

Harald colocó las manos en los lados del rostro de Sabrina tratando de apaciguar un poco el dolor, pero el llanto de Sabrina fue incrementando. Su pecho explotó en el sentimiento que la embargaba y el grito que salió de su pecho llegó a los oídos de su pueblo como el llanto del salvador que estaban esperando, ese, era el llanto del Fénix.

Body se encontraba con Mathew y Andrew revisando las provisiones cuando de momento el sieger comenzó a agarrar su pecho sintiendo un profundo dolor. El príncipe y el humano se miraron extrañados y se acercaron para ayudarle.

—¿Qué te sucede Body? —preguntó Mathew preocupado agachándose hacia él.

—Mi pecho...

—¡Eres muy joven para un infarto!

—No creo que sea eso —dijo Andrew.

El sonido legendario del Fénix volvió a oírse entre el pueblo de Égoreo que estaban refugiados bajo ese volcán. Todos miraban sorprendidos en todas direcciones ante el eco del llanto, pero Body sabía de quién provenía. Sin mediar palabra levantó el vuelo dejando al elfo y al humano a solas.

Tamish, Elizael y Einar estaban con Arael,Ériniel y Owen organizando un plan de batalla cuando el estruendo del llanto arropó todo el lugar. Body descendió frente a Tamish.

—¡Boadmyel!

—¿Dónde está ella?

—¿Quién?

—Sabrina ¿dónde está?

Elizael se interpuso en medio de ellos tomando a su hermano por los hombros.

—Ven. Tenemos que hablar primero.

—Está sufriendo. ¿Acaso no la oyen?

—Está llevando un duelo, eso lo sabes muy bien. ¡Claro que está sufriendo! Como todos nosotros lo estamos viendo a los nuestros caer —la mirada de Elizael era determinante ante su hermano. No lo dejaría llegar hasta ella, al menos no ahora. La tensión de los hombros de Boadmyel cambió ante el apretón de la mano de su hermano y ambos comenzaron a caminar alejándose del lugar—. Pido disculpas caballeros, necesito hablar con el soldado un momento.

Se sentaron sobre unas rocas en un lugar apartado.

—Sé lo que sientes, pero el acercarte ahora no cambiará nada.

—Para quién Elizael, ¿Para ti? Harald debe estar con ella ahora —dijo con tristeza y resentimiento en su voz.

—No soy tu enemigo hermano. Debes calmarte y controlar...

—Ya sé, ya sé, no tienes que recordármelo.

—¡NO!, por lo visto aún no sabes cómo, y... eso...

—Ya sé…

—¿Me dejarías terminar? En algo concuerdo con Rubí, todavía tenemos reglas absurdas y anticuadas en nuestro mundo, pero el hecho que nunca cambiará es que el mayor poder de todos es el amor, el amor es la esencia del Fénix.

—…

—Sé que la amas. ¿Por qué crees que me echaría a un lado si no supiera lo que ella siente por ti?

—Ella ya tomó su decisión.

—En base a esta guerra, pero cuando todo esto acabe, ¿qué vas ha…

—Nada cambiará Elizael, ella se casará con un marcado y…

—¿Tú seguirás a su lado?

—Sí. Siempre.

—Pues entonces no importa lo que pase o con quien esté. Tú serás feliz con solo estar a su lado. El amor puro es como el Creador… perfecto, infinito, no tiene límite y debes aprender a sentirlo, no con esto —dijo tocando su antebrazo—, sino con esto —puso la mano en el pecho de su hermano señalando su corazón—. Entiendes lo que te estoy diciendo ¿verdad?

Por primera vez en su vida se había enamorado de alguien y el amor que sentía lo estaba confundiendo con un amor material, pero Elizael tenía razón. ¿Qué era lo más que deseaba?… verla sonreír, feliz, majestuosa como… El Fénix. Eso lo haría feliz. Ver como cumple con su destino. Entonces comprendió las palabras de su hermano y un recuerdo fugaz llegó a su mente. Recordó cuando su madre le reclamaba a la banshee sobre que "Elizael tenía un gran destino" Al oír la sabiduría con la que él hablaba, comprendió que había un plan del Creador en haberlo dejado vivir. Elizael sacó de su bolsillo dos cartas.

—Nathaniel dejó una —dijo enseñando las cartas.

—¿Cartas?

—Sí, una para Rubí y la otra para Irina.

Boadmyel lo miró con seriedad al ver la sonrisa pícara de su hermano cuando le extendió una de las cartas.

—Por tu cara asumo que me darás la de Sabrina.

—Cierto ¡Además! Ella todavía está enojada conmigo y necesitamos el campamento para refugiarnos. Yo llevaré la otra a Rubí —dijo alzando el vuelo.

Body observó a su hermano y luego dirigió su mirada hacia la carta. "Irina" recordó en sus clases de historia el significado de ese nombre "aquella que trae la paz" recordó también el de "Sabrina, princesa guerrera" rio para sí "Princesa guerrera que trae la paz. Si tan solo tú misma supieras el significado que llevan tus nombres" pensó en voz alta antes de alzar el vuelo.

Tamish había retomado la conversación de las tácticas de batalla cuando Einar se le acercó preocupado.

—Tú y yo sabemos que esa fue Sabrina. ¿No vas a ir a ver cómo está?

—Harald esta con ella ¿verdad?

—Supongo que sí.

—Entonces no debemos intervenir.

—Pero... ¡OH!... ¡OK!...

Arael interrumpió y ambos prestaron atención.

—¿Cómo penetraremos el campo de energía que está alrededor del castillo...

—¿Campo de energía? —interrumpió confundido Tamish.

—Rodea el castillo. Apareció hace un tiempo atrás —explicó Arael al ver la confusión de Tamish—. Ya tú no estabas en Égoreo.

—Entonces eso significa que Claus sabía que regresaríamos en algún momento —mencionó Ériniel.

—¿Y cómo nuestras tropas podrán entrar al castillo? preguntó Owen.

—El Fénix necesita entrar al salón real. Allí se concentra la energía de Égoreo —dijo Tamish.

—Entonces tenemos que buscar la manera de sacar a Claus del salón real y creo que solo el Fénix podrá romper esa barrera —dijo Wendel.

—¿Pero cómo? —preguntó Owen.

Tamish, Wendel y Einar se observaron con una resolución en sus miradas. La complicidad de su sonrisa fue coreada al recordar aquello que tendría el suficiente poder para hacer una fisura a ese campo de energía.

—¡La espada! —dijeron a la vez.

Elizael llegó a donde Rubí. No permitió que articulara palabra haciéndole un gesto de que guardara silencio cuando se percató que Sabrina estaba cerca. Tenía que completar la encomienda del rey y no estaba preparado para encarar el carácter de esa chica de fuego.

—Mejor hablamos en otro lugar —le dijo tomándola del brazo.

Body llegó donde se encontraba Sabrina y Harald sentados. El príncipe gelehrt la miraba tiernamente y preocupado le preguntaba.

—¿Te sientes mejor?

—Sí, gracias...

Sabrina sintió la presencia de Body y cuando alzó la vista lo vio acercándose. Harald siguió la mirada de ella y observó con cuidado la mirada en ambos. Era como si se hablaran sin necesitar palabras. Vio también en la mano del sieger una carta. Cuando alzó la vista se encontró con la de Boadmyel y por alguna razón sabía que tenía que dejarlos solos en ese momento, aunque no quisiera. Harald se levantó poniendo su mano en el hombro de Sabrina.

—Los dejaré a solas por un momento. Te veré más tarde.

Sabrina solo movió su cabeza en afirmación. Harald comenzó a marcharse y al llegar al lado de Body se detuvo.

—Te pediré un favor; siento que lo que llevas ahí...

—Es de Nathaniel —interrumpió Body sin mirarle.

—Lo sé, solo que...no la dejes sola.

—Nunca —dijo Body observándolo ahora a los ojos.

Body se sentó al lado de Sabrina y cuando abrió la boca para articular palabras ella lo interrumpió diciéndole.

—¡Por favor no me preguntes cómo estoy todos preguntan lo mismo claro que no estoy bien estoy abrumada con todo esto y quien no lo estaría! —parloteó Sabrina sin respirar.

El sieger cerró la boca y solo la observaba. Sabía cómo se sentía. Cuando se calmó, le extendió la carta.

—Sabrina, tu padre, el rey Nathaniel te dejó una carta.

—¿Una carta? ¿Para mí? —la tomó en sus manos con curiosidad y al voltearla vio el nombre de "Irina" escrito—. El nombre que mi padre me dio... ¿Te quedarías conmigo mientras la leo? —dijo luego de un profundo respiro.

—Claro. No iré a ninguna parte me quedaré a su lado.

Sabrina comenzó a leer la carta:

Mi querida hija.

Cuanto hubiera deseado estar a tu lado para guiarte en esta misión que cargas en tus hombros. Solo puedo decirte que la mayor arma y fuerza que puedes usar para vencer al Caos, es el amor. Aunque muchas veces signifique llorar, sufrir, sacrificarse por los que amas; pero también significa alegría, lucha y sobretodo vida. Verás la mayor recompensa de tu sacrificio al ver a los niños de nuestra tierra sonreír a un futuro, porque esa es nuestra misión, brindarles un futuro; una esperanza. Tú eres resultado de un verdadero amor y es lo que puedo legarte. Sé valiente mi princesa guerrera, no estás sola. El Creador no te desamparará. Por más cruel y fuerte que sea el camino, todo tiene su propósito en este universo. De él aprendemos y crecemos y ¿sabes qué? Eso es lo que nos hace inmortales. Te amo mi pequeña. Lleva la paz y el equilibrio. La fuerza está dentro de ti, después de todo, eres el Fénix.

Papá

Body sentía una serie de emociones en su pecho que no eran de él si no de Sabrina. La observó cerrar la carta y llevarla a su pecho. Ella no sabía si llorar, reír o simplemente gritar. Solo optó por sonreír derramando varias lágrimas. Dirigió su mirada hacia él topándose con la suya y ya no pudieron desviarlas. Pasaron varios segundos y Body sentía una urgencia en poder enjugar sus lágrimas como lo había hecho en el pasado. Levantó la mano hacia su mejilla, pero Sabrina cayó en cuenta de la cercanía de sus rostros y aclaró la garganta. El sieger recordó las palabras de Elizael, bajo la mano y se levantó.

—No te sientas forzada en corresponder a lo que te dije en el bosque. Entiendo la posición en que nos encontramos. Yo soy tu guardián y estaré ahí para el Fénix, siempre. Ese es el hilo del destino que me une a ti. Su alteza —hizo una reverencia y se retiró.

Sabrina recordó lo que hablaron en el bosque:

"—Ya es algo que no puedo controlar Sabrina, yo te...

—No podemos, esto no puede suceder. No podemos permitir que pase —dijo Sabrina colocando sus manos en el pecho de Body para alejarlo. Levantó la vista hacia él. Respiró profundo y exhaló el aire lentamente, ahora su voz se tornó serena y madura cuando le habló.

—Nuestro deber es tomar el puesto que nos toca en esta guerra, es lo que debemos hacer. No es solo por ti, todo Égoreo depende de nosotros —dio otro suspiro para tomar fuerzas. Sabía que tenía que frenar lo que estaba pasando entre ellos, o ambos podrían morir—. Así que este sentimiento debe parar aquí, por el bien de todos." Sabrina despertó de sus recuerdos observando como su guardián se alejaba.

—Para mí es más que un simple hilo del destino —susurró para sí misma. Agarraba la carta de su padre fuertemente en el pecho con los ojos cerrados conteniéndose a sí misma para no llorar.

Body se retiró sin mirar atrás. Frente a él se encontraba el príncipe gelehrt, con una mirada que no pudo descifrar con exactitud. ¿Estaba molesto o sorprendido? No le dio importancia más a lo que el príncipe pensara o sintiera. Ya él sabía lo que haría el resto de su vida, proteger al Fénix. Eso era lo único que importaba. Body hizo la reverencia y pasó por su lado marchándose del lugar. Harald llegó donde Sabrina y se arrodilló frente a ella colocando las manos a ambos lados de su cabeza sin tocarla emanando una luz tenue. Al sentirlo, ella levantó las manos y con suavidad bajó las de él diciéndole sin abrir los ojos.

—Harald estoy bien. Es hora de hablar con mi pueblo.

Caleb se encontraba en una pequeña tarima hecha de madera y

piedras tratando de apaciguar a todos los presente que de alguna manera u otra se encontraban exaltados y agitados. Aquel sonido que retumbó todo el campamento era sin duda el Fénix, esa era su energía, su esencia, su vibración.

—Caleb ¿Qué significa esto?...

—¿Cómo?...

—¿Dónde está?...

—Imposible, si el rey nunca tuvo descendencia...

Los presentes gritaban a la vez sin dejar hablar a Caleb. Sabrina se acercó junto con Harald cuando la muchedumbre fue bajando a murmullos sus reclamos. ¿Quién era esa niña que se acercaba? Nadie la había visto antes. Caleb observó el brillo intenso que emanaba el Fénix e hizo una reverencia dándole espacio para que ella se dirigiera al pueblo. El murmullo de la multitud nuevamente aumentó. No había duda que se exaltaron más al ver lo que hizo Caleb hacia esa chica de cabello rubio con mechas rosas. ¿¡Una reverencia real!? Eso solo podía significar una cosa. No podían creer que una niña fuera el Fénix, la salvación de su mundo. La multitud volvió a gritar más alto.

—¡SOLO ES UNA NIÑA...

—¡CALEB QUE SIG...

—¿QUIEN ES ELLA...

—¡NO PUEDE SER...

—¡EL CREADOR...

Sabrina seguía observando la muchedumbre, su pueblo. Las vibras que su pueblo emanaba era desesperación, ira, confusión y miedo. Todo lo que alimentaba al Caos. Tenía que hacer que volviera la esperanza y el amor a sus corazones, así que levanto una mano y habló.

—¡CALMADOS, PUEBLO DE ÉGOREO! —con esas pocas palabras logró capturar la atención de todos. El matiz de su voz no era el de siempre; ahora reflejaba al de un líder.

Sabrina esperó hasta que hubiera silencio para comenzar a hablar.

—Pueblo de Égoreo, hijos de Égoreo. Mi nombre es Sabrina, la hija del rey Nathaniel...

El asombro y el murmullo volvió a levantarse entre la multitud. Sabrina cerró los ojos y comenzó a concentrar ese pensamiento que su padre le había dejado en su carta. El arma más poderosa que puede vencer al Caos, es el amor. Todos los sentimientos y enseñanzas de Caleb, Rubí, los príncipes, sus amigos, su familia los estaba uniendo a ese sentimiento poderoso. De su cuerpo comenzó a emanar una vibración armoniosa, una luz y sentimientos llenos de paz y esperanza. La multitud fue calmando el murmullo hasta que sólo quedó silencio. Ahí estaba frente a ellos, el Fénix. Sabrina continuó:

—Fui llevada a otro mundo para ser protegida cuando era niña. Dos shützend fueron mis guardianes hasta que el momento destinado de regresar llegara. Quizá no crecí aquí, pero de algo estoy segura, el Creador nunca desampara a sus hijos. Mi padre atesoraba la idea de un pueblo libre, donde todos vivieran en armonía y fueran tratados con igualdad; donde no hubiese distinción de clases o clanes, donde todos formáramos parte de una unidad, al fin y al cabo, venimos de la misma fuente. Es un ideal por el que espero vivir y estoy dispuesta a luchar. Sé que lo que nos espera no será nada fácil, pero si unimos nuestras fuerzas y valor recuperaremos ese mundo que anhelamos. Muchos han caído luchando y su memoria será recordada. No habrán perdido su cuerpo en vano, porque veo ante mí familias, hijos, hermanos, amigos; un pueblo de valientes y fuertes que no han dejado de luchar y que NO estamos dispuestos a entregar nuestro hogar al Caos. Para que la paz vuelva tendremos que luchar. Tendremos que combatir en una guerra contra el Caos y YO como el Fénix, su amiga, su hermana, les pido que luchen a mi lado una vez más. POR ÉGOREO ¿LUCHARÁN COMO UN PUEBLO LIBRE?

La multitud comenzó a alzar la voz, esta vez no con miedo o reproches, ahora era un coro lleno de fuerzas y esperanzas. Ante los gritos de fuerzas del pueblo, Sabrina hizo aparecer su espada y levantándola gritó:

—Para recuperar la paz y nuestro hogar ¡LUCHAREMOS!, ¡EL CAOS JAMÁS NOS QUITARÁ LA LIBERTAD!

Sabrina bajó de la pequeña tarima rodeada de un halo de luz en todo su alrededor. Todos sus amigos estaban sin poder articular palabra alguna, con los ojos en asombro pero a la vez llenos de orgullo. Sabrina continuó caminando hasta detenerse frente a Caleb que había bajado de la tarima para cederle el paso cuando se dirigió al pueblo.

—Oírte hablar en esa manera... Ahora sé que el Creador siempre tiene un plan para todo. Yo no veía tu brillo interior con claridad, pero Él sí.

—Y en ese plan estaban ustedes, sin su ayuda no hubiera descubierto y aceptado quien soy.

Sabrina dirigió la mirada a su hermano Tamish quien se irguió derecho como soldado en espera de una orden.

—Avisa a todos los capitanes que le digan a sus escuadrones que se preparen. Pronto partiremos.

—Sí, su alteza —dijo el enorme mächtig haciendo una leve reverencia.

—Por favor, sé que es un protocolo pero ¡Vamos, soy tu hermana!

—Y también mi reina —hubo una sonrisa de complicidad entre ambos hermanos que no compartían desde que Sabrina era una niña pequeña.

Einar se estaba controlando para no levantarla del suelo en un abrazo de oso. Se sentía orgulloso en haberla visto madurar. Solo pudo decirle cuando se acercó:

—¡Estoy que exploto de la emoción con el discurso que nos has dado! Has levantado el ánimo y las fuerzas de los nuestros. Con tan solo ver sus rostros, no tardarían ni un segundo en seguirte con las espadas en mano —el príncipe estaba visible-mente emocionado, a lo que ella solo sonrió y asintió con su cabeza.

Comenzó a ver a su alrededor y se topó con la mirada de Body quien hizo una reverencia con el rostro lleno de satisfacción. Ahí la estaba viendo, majestuosa como lo anhelaba. La reina había despertado en ella.

Buscó con la mirada a su mejor amigo y se percató que se estaba alejando del lugar. Mathew no era así. En cualquier otro lugar le habría chocado la mano brincando de la emoción y del orgullo. Tenía que hablar con él.

—Tamish, cuando reúnas a los capitanes búscame. Tenemos que discutir la estrategia de guerra, pero antes tengo algo importante que hacer.

Sabrina comenzó a alejarse del lugar y Harald comenzó a seguirla. Ella se detuvo a mitad de camino y sin mirarlo le dijo.

—Necesito hacer esto sola. Cuando se vaya a dar la reunión ya sabes dónde encontrarme. Mientras tanto te suplico que nadie me interrumpa.

—Sí, milady… mi reina.

Mathew estaba recostado de unas rocas cuando se percató de la presencia de Sabrina.

—¿Qué te sucede? Esperaba verte eufórico, ¡¿no acabas de ver lo que hice?! ¡Yo!, la que nunca se atrevía a hablar en público. ¡WOW! ¡Acabo de dar un discurso que merece un Oscar!

—Sí, lo único que eso no fue una actuación —dijo sin mirarla sentándose en el suelo.

Sabrina se sentó al lado de él agarrando las rodillas con sus brazos. Respiró hondo.

—Anda Robin dime que te sucede.

Mathew tomó un respiro hondo para poder contestar.

—Mientras más sigue pasando el tiempo en este mundo, siento como si te alejaras más y más y no pudiera alcanzarte. Siento que nuestro tiempo se está acabando.

—¿De qué hablas Mat?

—Tú eres ahora una reina y sé que recuperarás tu mundo…

—Y estas a mi lado como dijiste…

—Pero siento… no, sé, que tendré que regresar cuando todo esto acabe. Después de todo soy el guardián de la Tierra.

—Mathew…

—Sueno muy cursi ¿no?… por un lado me siento feliz porque estoy siendo testigo del resurgir del Fénix… verte feliz… reunida con una gran familia que te ama y te protegerá no importando lo que pase. Por otro lado… me duele saber que tú y yo tengamos que decir adiós. Batman y Robin se separarán, tú seguirás tu camino y... —su voz comenzó a oírse apagada intentando contener el llanto.

Sabrina comenzó a derramar lágrimas al ver el perfil del rostro de su amigo cubierto de ellas también. Mathew en ningún momento se había volteado a verla. Lo conocía muy bien, nunca le gustó que lo vieran llorar.

—¿Sabes algo? En algún momento pensé que tú serías mi único compañero de vida. Ahora que lo pienso, sí lo fuiste, en la Tierra. Ahora serás el de alguien más.

Mathew volteó a verla sorprendido. Sus ojos estaban rojos, cubiertos de lágrimas. Las secó pasando su antebrazo por su rostro mientras Sabrina continuó.

—Solo te pediré que cuides de mi familia allá. Sé para ellos un guardián como lo fuiste conmigo. Y, esto no es un adiós, es un hasta luego. Batman siempre se reunirá con Robin para alguna aventura. Recuerda que no hay nada en este mun... universo que pueda separar lo que sentimos el uno por el otro.

Él ya no pudo contenerse más, sentía su corazón compungido y las palabras de su mejor amiga había sido la gota que derramó la copa. Sabía que aunque fuera un hasta luego, lo cierto era que no sabría cuándo sería. Posiblemente pasarían décadas o hasta mucho más. Cuando el Fénix volviera a la Tierra, quizá no sería él quien le diera la bienvenida. Comenzó a llorar como un niño pequeño y enterró su cara entre los brazos que agarraban sus rodillas. Sabrina sentía un profundo pesar en su corazón. Por más positiva que quisiera ser, sabía que luego de esta guerra lo que quedaría para ellos sería una despedida. Recordó fugazmente todos los momentos que vivieron juntos, desde que lo defendió por primera vez en la escuela primaria hasta cuando juró estar a su lado en las cascadas de esa dimensión hecha por su padre. Las lágrimas siguieron corriendo por sus mejillas y se recostó del hombro de su mejor amigo. Mathew levantó el brazo y la haló hacia él desahogando su corazón, cerrando la etapa que los había unido durante tantos años.

—Disculpe milady, ya es hora —dijo Harald acercándose.

Sabrina se levantó secando sus lágrimas y extendió su mano hacia Mathew.

—Vamos guardián, tu misión aquí aún no ha terminado.

Mathew secó su rostro y agarró la mano de Sabrina para levantarse.

8

UNA MIRADA SIN ALMA

*E*n una tienda pequeña se encontraban reunidos los capitanes de cada clan al lado de sus respectivos príncipes. Tamish como líder de la guardia real fue designado por los príncipes para estar al lado del Fénix en la guerra. Sabrina llegó junto con Mathew y Harald. Amy y Rubí al ver a Sabrina acercarse se inclinaron e hicieron una reverencia. Los demás al percatarse de la presencia del Fénix hicieron lo mismo.

—Su alteza por favor perdone mi rudeza antes no sabía quién er... —Arael se disculpaba cabizbajo cuando Sabrina lo interrumpió.

—Arael ¿Cierto? Por favor hasta que no esté sentada en el trono del castillo les pido me llamen Sabrina —dijo sentándose a la mesa con los demás.

Amy y Body se colocaron a la entrada de la tienda en vigilancia. Todos se quedaron mirando a Mathew pues aquel joven desconocido no parecía pertenecer a ningún clan.

—El caballero es el guardián de la Tierra. Mi padre escogió a su familia para guardar nuestro secreto allí —dijo Sabrina mientras Mathew tomaba asiento al lado de Caleb.

—Bien; por lo que sabemos el Caos ya ha tomado el castillo y su poder se incrementa —dijo Tamish.

—Nadie puede entrar, hay un campo de fuerza al rededor —informó Arael.

—Eso solo significa una cosa —dijo Elizael.

—Sí, Elizael. El Caos ya tomó cuerpo y está en el castillo —confirmó Tamish.

—Entonces Claus... —dijo Harald con temor en sus palabras. Claus es su tío y oír lo que estaban diciendo era la confirmación de sus peores temores.

—Lo sentimos príncipe Harald —dijo Tamish.

—Aún no lo sabemos con certeza —interrumpió Sabrina al ver la mirada triste en el príncipe gelehrt—. Si hay alguna esperanza de salvarlo lo haremos. Según tengo entendido Claus era el consejero de mi padre. Nathaniel no hubiera perdido la esperanza hasta el final —los presentes se miraron unos a otro con sentimientos encontrados. Temor de que fuera cierto el haber perdido a Claus y esperanza en que el Fénix pudiera recuperarlo—. Ahora muéstrenme en qué posición nos encontramos —dijo mirando el mapa de cuero que estaba sobre una mesa de madera.

Tamish comenzó a señalar los puntos en donde se encontraban y donde estaba situado el castillo.

—Nos encontramos en el Oeste, el castillo está en el centro de Égoreo.

—Sabemos que las tierras del Sur están comprometidas —comentó Tamish.

—Igual que las del Este —dijo Ériniel.

—Solo nos queda ir al norte y rezarle al Creador que no estén... —decía un soldado al lado de Arael.

Sabrina los interrumpió poniendo la mano en el mapa.

—Y... si solo vamos derecho sin desviarnos. ¿Cuál es el punto más vulnerable del castillo? —preguntó sin despegar la mirada del mapa.

—Su alte... Sabrina el castillo está muy protegido aparte que tiene la barrera —dijo Arael.

—Todo tiene un punto débil —susurró Sabrina para sí.

—La parte posterior... —dijo una chica con túnica azul colocando una bandeja de frutas en la mesa contigua.

Todos observaron en dirección a la chica que había hablado. La joven se sobresaltó al sentirse intimidada por las miradas.

—Lo siento… su… su… su alteza… no quise interrumpir —dijo tratando de ocultarse bajo su túnica.

—¿Cuál es tu nombre? —preguntó Sabrina alzando la vista del mapa y mirando a la gelehrt—. No te preocupes todos estamos en esto y eres parte de Égoreo también. Ahora dime ¿cuál es tu nombre? —preguntó tiernamente sintiendo lo asustada y tímida que estaba la chica.

—Mi nombre es Sherry —dijo quitándose la capucha mostrando a una joven tímida de ojos caoba y rizos marrón. Su rostro reflejaba una inocencia quebrada bajo una hermosa tez cobriza.

—Mucho gusto Sherry, ahora por favor dime ¿qué sabes de la parte posterior del castillo que estos hombres aquí no sepan?

—Es usada por el personal de limpieza y los esclavos…

—¿Esclavos? – el coro de asombro provenía de todos los que habían estado en la dimensión hecha por Nathaniel. En el tiempo que estuvieron ahí, sin duda alguna muchas cosas habían pasado en Égoreo.

—Todo aquel que desobedeciera las ordenes pasa el resto de sus días… como es…esclavo.

—¿Por órdenes de quién? —inquirió Sabrina al ver titubear a la muchacha.

—De… de el señor Claus.

Sabrina no podía creer lo que estaba escuchando. Sus ojos comenzaron a cambiarle a color púrpura sin darse cuenta. Body de espalda a lo que ocurría dentro de esa tienda podía sentir el enojo y la sorpresiva decepción de lo que ella sentía sobre lo que estaba escuchando. Sabía que tenía que hacer algo pero ¿cómo interrumpir sin ser muy obvio? En ese momento llegó un soldado para entregar a Body un mensaje. Entró a la tienda y llegó hasta la espalda de Sabrina.

—Su majestad ha llegado un mensaje para usted importante – dijo colocando su mano disimuladamente en la espalda de ella. Se acercó a su oído diciéndole— Debes calmarte. Hay noticias que dragones oscuros están rondando los volcanes. Necesitas controlar tu poder ya que se acerca el tiempo de la gran batalla.

Sabrina respiró profundo y levantó su rostro con liderazgo.

—Gracias Boadmyel —Body se retiró y ella se dirigió a los presentes—. Dragones oscuros están rodeando los volcanes.

—Mandaremos grupos a que defiendan la entrada del volcán —dijo Tamish.

—¡No!

Todos observaron al Fénix levantarse de su asiento nuevamente. Sus ojos volvieron a la normalidad del púrpura al verde intenso, sin embargo ellos la veían diferente a como la hubieran visto los humanos. Para ellos, ella era su salvación. Respiró hondo y se explicó.

—Si salimos a atacar estaríamos exponiéndonos y confirmando nuestro campamento. Solo manténganse vigilantes y no permitan que nos descubran. Que la magia de los gelehrt y los zauberer nos mantengan ocultos.

—Sí, su alteza —dijo Arael saliendo con Harald y Andrew fuera de la tienda.

Sabrina se dirigió una vez más a Sherry.

—¿Algo más que tengas que informar Sherry? —le hizo gesto a la gelehrt para que siguiera hablando.

—Los soldados casi nunca están ahí. Y los que van a patrullar se la pasan durmiendo. Es un gran riesgo pero esa es la parte más vulnerable del castillo.

—De acuerdo ¿Cómo llegamos? ¿Cómo rompemos la barrera? —preguntó Sabrina mirando a los presentes.

Wendel se acercó a la mesa y subiéndose en una de las sillas se dirigió al Fénix.

—Sabrina, tú eres la única que puedes traspasar el campo de energía que rodea al castillo.

—¿Por qué?

—Por la espada. Recuerda que la espada está hecha con las piedras de cada príncipe, de cada shützend y es la representación de cada clan, de cada elemento de la naturaleza y tu piedra que representa la unión de todos como uno solo. Solo necesita de tu energía para activar la fuerza que hay en ella, y creo que sabes a lo que me refiero.

—Sí, el arma más poderosa. La única que puede vencer al Caos, el amor.

—El amor a tu familia, el amor a tus amigos, el amor a tu pueblo —mencionó Rubí.

—Es contradictorio ir a la guerra por amor —dijo Mathew pensando en voz alta.

—Lamentablemente, del miedo se alimenta el Caos —dijo Rubí.

—Cuando un individuo se deja apoderar de él va consumiendo su alma poco a poco hasta que no queda nada. El cuerpo se vuelve un monigote controlado por el Caos, es como un estuche sin alma —explicó Caleb.

—El Caos nunca saciará su hambre. Desde el principio de los tiempos es así, seguirá consumiendo almas hasta que consuma el planeta —dijo Einar.

—Y cuando termina con uno sigue con otro. Así que no podemos dejar que el Caos venza porque su próximo objetivo será otro planeta o dimensión que tenga vínculo con Égoreo —culminó Elizael.

—¿Su próximo objetivo sería la Tierra? —preguntó Mathew preocupado.

—Por lo que he visto en la Tierra los últimos cuarenta años que llevaba allí, ya el Caos se ha infiltrado en esa dimensión —dijo Wendel.

—Entonces esta no es solo una batalla por nuestro mundo, de esto dependerán otros —dijo Sabrina sentándose en la silla nuevamente.

—Claus sabe de todo lo que pasa en Égoreo —mencionó Owen.

—Pues debe tener algo…como las cámaras de seguridad en la Tierra —dijo Sabrina.

—¿Como una bola de cristal? —preguntó Mathew y todos lo miraron a la vez—. Digo Claus es del clan de los gelehrt debe tener una bola de cristal o… —seguía diciendo Mathew cuando Caleb lo interrumpió.

—Muy bien pensado guardián. Sí, todos los gelehrt poseemos

una orbe. Es parecido a lo que dices joven Mathew, parece una esfera de cristal —dijo Caleb.

—Con la magia correcta puede ser como una cámara de seguridad —culminó Wendel.

—¿Eso también puede ser lo que este creando el campo de energía? —preguntó Sabrina mirando a Wendel.

—Lo más probable.

—Pues entonces hay que destruirlo —afirmó la Fénix.

—¿Y cómo entraremos sin ser descubiertos? —preguntó Einar.

—Primero hay que sacar a Claus del salón real. Ahí tiene que estar el orbe —dijo Elizael.

—¿Cómo? —preguntó otro de los capitanes.

Ériniel se acercó a la mesa y dijo:

—Owen y yo podríamos llevar a Wendel y a Tamish como traidores, daremos el informe del ataque a la comitiva que llevaba a Wendel de prisionero a los volcanes. Así avisaremos que encontramos al que el pueblo llama el salvador, quien dicen que es descendiente del Fénix.

—Esa es muy buena idea —dijo Harald entrando a la tienda—. Los dragones oscuros ya se marcharon.

—Gracias —dijo Sabrina.

—Así… Claus saldrá del salón real para asegurarse de lo que dicen —dijo uno de los capitanes.

—Tienen que decir que estuvo oculto en la dimensión de la Tierra –dijo Elizael

—Pero sabrá que ustedes no están poseídos —mencionó Sabrina

—No podemos usar magia Claus nos detectaría —respondió Owen.

—Sin tan solo tuviera mis maquillajes —dijo Sabrina en un suspiro.

Amy que estaba atenta a lo que se decía dentro de la tienda se sobresaltó cuando escucho a Sabrina hablar de los maquillajes pues sabía muy bien donde se encontraban.

—Disculpe su majestad —dijo Amy entrando a la tienda con un pequeño bulto en las manos.

—Amy solo dime Sabrina.

—Creo que esto le ayudará —dijo tímidamente extendiendo el pequeño bulto a las manos de Sabrina.

—¿Pero...cómo...? ¡AAAH! así que tú eras la que los tenías —dijo Sabrina soltando una risita de complicidad—. Bien, con esto podremos entrar sin ser detectados.

—¿Y qué es eso? —preguntó Einar

—¡Maquillaje! Es una especie de camuflaje pero sin magia —contestó Sabrina buscando dentro del pequeño bulto.

—¡Oh!

—Y ¿A quién tendremos como el "Fénix"? porque obviamente tú no puedes ser la carnada —preguntó Elizael.

—Claus lleva registro de todos los nacimientos en Égoreo así que tiene que ser alguien de afuera —dijo Rubí.

Sabrina y Einar se miraron sonrientes y luego observaron a Mathew quien los miró de vuelta al sentir sus miradas.

—¡Oh no! No estarán pensando en serio —reprochaba Mathew.

—¡Eres perfecto para el papel! —exclamó Sabrina.

—Vienes de la Tierra —siguió Einar.

—Tu aura es diferente —dijo Sabrina.

—Pero... —Mathew se pasó una mano por el cabello.

—No hay registro de ti aquí —mencionó Elizael.

—¡Sí! —culminó Sabrina.

—¡Eres perfecto! —dijeron en unísono Sabrina y Einar.

—No saldré de esto ¿verdad? Seré la carnada ¡esto es increíble! —soltó Mathew.

—Recuerda que dijiste que tenías una misión al entrar a la dimensión. Pues aquí está tu misión, la cual es... ¡suplantarme! —dijo Sabrina mirándolo con una sonrisa en los labios.

—No se preocupe guardián de la Tierra, Owen y yo estaremos a su lado en todo momento —dijo Ériniel.

Un grupo pequeño de soldados, Ériniel y Owen ya estaban maquillados. Sus pieles se veían algo grisáceas y se veían venas de color negro rodeando brazos y cuello. Sabrina se había maquillado y se acercó a Body con bulto en mano.

—¿Qué piensas hacer con eso? —dijo el sieger con desconfianza.

—Ya sabes, tú y yo estaremos entrando al castillo por la parte posterior.

—¿Y? Allí no hay mucha vigilancia según nos informaron. Además yo puedo camuflarme.

—Error.

—¿Disculpa?

—No puedes usar magia. Seríamos reconocidos como impostores fácilmente, el Caos se a fortalecido.

Body observaba a Caleb haciendo que los ojos de los soldados se oscurecieran. Observó a Sabrina y torciendo la boca señaló hacia al gelehrt.

—Decías…

Sabrina observó y bajó la mano de Body mirándolo seriamente.

—Mira bien sabelotodo.

Body observó nuevamente a Caleb y se dio cuenta que estaba echando unas gotas en los ojos de los soldados.

—No compares tu magia con las habilidades de Caleb. Él es un alquimista y tú, mi guardián. Así que no me reproches y sigue el plan —culminó Sabrina haciéndolo sentar para comenzar a maquillarlo.

—¿Qué hago? —preguntó acomodándose en el asiento.

—Solo quédate quieto mirando hacia el frente.

Body se acomodó y comenzó a mirarla fijamente. Sabrina estaba buscando su lápiz negro y al sacarlo suspiró con tristeza "Cómo voy a extrañarte mi black eyeliner. Diste tu vida por una buena causa". Esa pícara inocencia lo estaba volviendo a flechar. Las palabras de Elizael retumbaban en su mente como un eco molestoso, pero era un eco lleno de sensatez. Allí estaba, frente a él la mujer que amaba sin embargo no podía abrazarla. Pero él estaba allí, a su lado, para protegerla. Solo deseaba que ella pudiera ser feliz y verla tomar su lugar como reina. Sabrina volteó hacia él y comenzó a maquillarlo, el cuello, las mejillas sus ojos… allí se detuvo. La mirada del sieger desbordaba una ternura incomprensible. Sabrina sintió su corazón acelerarse y solo pudo hacer una petición aunque la mirada del sieger la ponía nerviosa y extrañamente la cautivaba.

—¿Puedes cerrar los ojos?

—¿Por qué? La vista desde aquí me gusta mucho.

—Solo cierra los ojos, tengo que terminar. No tenemos mucho tiempo.

—De acuerdo —cerró los ojos y se inclinó un poco más hacia ella. Pudo sentirla dar un leve suspiro antes de proseguir maquillándolo. Sabía que estaba siendo algo galante con ella, que no debía hacerlo, pero era inevitable.

—Listo, ahora ve donde Caleb.

En los alrededores del castillo todo estaba cubierto por tinieblas. Aún cuando se supone que el sol estuviera en lo alto del cielo, las nubes negras parecían cubrir su brillo como una amenaza constante de tormenta. Los guardias en la entrada del castillo ya estaban visiblemente envenenados por el Caos. Ériniel y Owen con un grupo de soldados escoltaban como prisioneros a Mathew, Wendel y Tamish. Los soldados de la entrada cruzaron sus lanzas frente a ellos.

—Venimos a traer a los traidores —dijo Ériniel en voz alta.

—El gnomo, el capitán traidor y al que hacen llamar el Fénix —dijo Owen.

Los soldados se miraron y apartaron las lanzas. Uno de ellos escoltó a la comitiva dentro del castillo. En la parte sur del castillo se encontraban Body y Sabrina acompañados de dos mujeres, la joven gelehrt Sherry y Minerva, la madre de Sarah.

—¿Por qué quiso venir? Con Sherry era más que... —decía Body cuando Minerva lo interrumpió.

—Era la mano derecha de la madre de Nathaniel. Me sé mejor los recovecos del castillo que cualquier otro —respondió Minerva.

—Silencio trato de concentrarme —dijo Sabrina colocando la punta de la espada en el campo de fuerza.

Como había predicho Wendel la espada penetraría el campo de

energía sin problema. Sabrina extendió una de sus manos hacia atrás y Minerva la tomó. A su vez Sherry tomó la otra mano de Minerva y le extendió una mano a Body quien la tomó con notable irritación. Se supone que estuviera al lado de Sabrina pues él era su guardián y esta mächtig actuaba con cierta familiaridad hacia el Fénix y eso le incomodaba. Al entrar al castillo Sabrina transformó su espada en el brazalete mientras Sherry los condujo por los primeros pasillos donde se toparon con dos soldados. Body y Sabrina se irguieron rápidamente mientras que Minerva y la joven gelehrt se mantuvieron cabizbajas todo el tiempo. Los soldados frente a ellos tenían sus pieles grisáceas y sus venas de un tenue color púrpura, sin embargo solamente uno de ellos tenía los ojos completamente oscurecidos.

—Lleven a la servidumbre a la cocina. Están solicitando ayuda con los alimentos —dijo el soldado de los ojos oscuros.

—Hacia allá nos dirigimos —contestó Sabrina.

Continuaron caminando por los pasillos y Sabrina dijo en voz baja.

—¿Pudieron notar lo que yo en sus ojos?

—Te refieres a que uno de ellos todavía no está completamente poseído —contesto Body.

—Algunos todavía siguen luchando en su interior —dijo Sherry.

—No han perdido su alma —mencionó Minerva.

—Lo que significa que podemos salvarlos. Aún hay esperanzas y es lo que tenemos que mantener hasta el final —dijo Sabrina con una mirada determinada a sus acompañantes.

Llegaron hasta otro pasillo donde se podía oír la algarabía de la cocina. Minerva detuvo a Sabrina por el brazo y le mostró con su mano una pared. Empujó un ladrillo con su pie y se abrió una entrada a un pasillo oculto.

—Por aquí llegarán al pasillo que da al trono. Tengan cuidado.

—Gracias Minerva —dijo Sabrina con dulzura.

—Gracias por regresar. Mi hija hizo un gran trabajo en prote-gerte y permitir que te mantuvieras oculta durante todo este tiempo mi niña.

—Sarah fue como una madre para mí. Rubí me ha contado de usted y quisiera cuando todo esto acabe que se mantuviera a nuestro lado.

—Será un honor su alteza —dijo inclinando la cabeza en reverencia, pero más aún para ocultar sus lágrimas. Ver al Fénix con vida, luchando, siendo la salvación que esperaban le traía el recuerdo vívido de su hija Sarah y de su misión hace varios años atrás. De cierta manera había algo en el Fénix que le recordaba a Sarah, su esencia había quedado grabada en esa hermosa mujercita de mechones rosa.

Claus se encontraba sentado en el trono observando su orbe. Una imagen de soldados y tinieblas se reflejaba en ella. La imagen provocaba en ese viejo mago una sonrisa de complacencia. Las puertas del salón real se abrieron y el soldado que estaba escoltando a Ériniel y Owen entró colocándose sobre una rodilla tan pronto estuvo frente al gelehrt.

—Señor, tenemos a los traidores de Wendel y el capitán Tamish. También hemos capturado al que le llaman el Fénix.

—¿El Fénix? —preguntó Claus levantándose del trono— Lo hacía muerto hace años.

—¿Lo traemos ante usted señor?

—¡No! ¿Dónde lo tienen, está en el calabozo? –Claus no permitiría que se acercara al trono ni a su centro de poder.

—Están en recinto norte, no quisimos traerlos hasta que usted diera las órdenes.

—Bien. Necesito verlo con mis propios ojos —dijo Claus comenzando a dirigirse hacia la puerta del salón real, pero se detuvo y volvió por la espada de Nathaniel. «Si en verdad es el hijo del Fénix su esencia resonará con la espada, la misma espada que le dará muerte».

Body y Sabrina llegaron hasta el final del pasadizo.

—Estamos cerca del salón real. Hay que verificar si la carnada está dando resultado —dijo Body.

—La carnada tiene nombre Body —dijo con dureza Sabrina.

—Como sea. Si Claus no ha salido del salón real no podremos cumplir nuestra parte.

En ese preciso instante Sabrina sintió que algo la llamaba, no con palabras, pero era más bien como la fuerza de un imán que la halaba. Body oyó pasos y haló a Sabrina a una de las habitaciones vacías ocultándose.

—¡Es Claus! —dijo en voz baja haciéndole señas que se ocultara más —No podemos confiarnos mucho, si Claus siente tu presencia estamos muertos.

Claus estaba caminando con pasos agigantados hacia el lugar del supuesto Fénix cuando sintió la espada vibrar. Se detuvo justo cerca de la habitación donde se ocultaban Body y Sabrina. Observó la espada y sorprendido exclamó:

—Entonces es cierto, el Fénix ha regresado, ¡Qué lástima que su estadía en Égoreo sea tan corta!

Un soldado llegó alarmado.

—¡Señor, los rebeldes han comenzado a atacar!

Claus volvió a ver la espada y sonriendo con malicia pensó:«Quieren rescatar a su Fénix, se los devolveremos hecho cenizas, cenizas esparcidas de donde no pueda resurgir». Aceleró el paso y continuó su camino hacia donde estaban Ériniel, Owen y el falso Fénix.

—Tenemos que darnos prisa o matarán a Mat —dijo Sabrina preocupada.

—¿Qué?

—¿No oíste lo que ese mago acaba de decir?

—No dijo nada.

—Entonces sus pensamientos gritaron en mi conciencia. Tan pronto vea a Mathew, va a matarlo. Démonos prisa.

—Claus lleva la espada de Nathaniel.

—La orbe, tenemos que destruir la orbe para que podamos recuperar el castillo. La espada la recuperaré más tarde. No puedo permitir que lastime a Mathew.

—Tienes razón.

Tan pronto Claus y su soldado salieron de vista ambos se dirigieron corriendo hacia el salón real pero se toparon con dos soldados más a la entrada.

—Observa bien y dime si alguno le queda alma —dijo Body.

Sabrina señaló al soldado de la izquierda negando con su cabeza. Inmediatamente Body arremetió con su espada haciendo el soldado cenizas y humo. El otro soldado atacó alzando su espada y Sabrina detuvo el espadazo con su brazalete dándole tiempo a Body voltearse a achocar con la empuñadura de su espada al soldado mächtig. Sabrina se arrodilló para posar su mano que comenzó a brillar pero Body la detuvo.

—Primero lo primero mi reina. Tenemos que destruir el orbe para luego salvar el resto del reino.

Mathew observaba todo su alrededor. Estaba dentro de una habitación grande y los ventanales tenían barrotes. Observaba los guardias poseídos junto a la puerta. Estaba temeroso por no saber qué sucedería, pero tenía que confiar en Tamish, Wendel y los soldados en que el plan daría resultado. Tamish miró de reojo a Mathew haciéndole seña de que se calmara, lo cual no era una tarea fácil viendo aquellos soldados que no estaban maquillados y que parecían demonios de películas. En su mente oyó la voz de Ériniel diciéndole "Recuerde que usted es el Fénix, debe mantener la calma. Estamos aquí y no dejaremos que nada le pase". Las puertas se abrieron y los guardias dieron paso a un hombre alto, delgado y con una túnica negra y roja. Su mirada llena de tinieblas se fijó en él, causando que se estremeciera su estómago cuando le vio girar levemente la cabeza y embozar una sonrisa escalofriante para luego dirigirse a Tamish.

—Así que el gran capitán de la guardia de Égoreo decidió traicionarme. ¿Pensaste que habías logrado engañarme la última vez que entraste al castillo?

—Tú eres el que ha traicionado a Égoreo —respondió Tamish enérgicamente.

Claus dirigió su mirada hacia al gnomo.

—Debí haberte matado tan pronto tuve la oportunidad.

—Quebrantando la ley más sagrada de nuestro mundo —dijo Wendel con suma seriedad.

—Este cuerpo ya no sigue ninguna ley de tu Creador.

Sabrina y Body entraron al salón real y mientras Body buscaba el lugar donde pudiera estar el orbe, Sabrina se había quedado fascinada con las columnas y las piedras que rodeaban el salón. Su mirada recorrió el lugar hasta ver aquel majestuoso trono. Aquel asiento labrado con todos los escudos de su mundo la llamaba, la había cautivado y la halaba. Sabía que había algo tras ese llamado y sin darse cuenta se acercaba como si estuviera en un trance. La embargaban sentimientos encontrados, era como si los sentimientos de su padre estuvieran mezclados con aquellos sentimientos que se supone evitara sentir, envidia, ira y poder. Sintió la mano de Body que agarró la de ella justo antes de tocar el brazo del trono.

—No lo hagas. La pureza que representa ha sido transgredida.

—¿Transgredida?

—El Caos estuvo en él. Su magia y su energía habrás sentido que…

—Tienes razón, no es pura. Pero hay algo en él que siento es lo que debemos encontrar.

Sabrina rodeó el trono y justo atrás de la cabeza del mismo había un orbe de cristal casi incrustada en la madera. Ambos se observaron y sonrieron. Sabrina hizo aparecer su espada para destruirlo, pero el orbe comenzó a mostrarle algo. Era un salón, Tamish, Wendel, Mathew y los otros soldados estaban frente a Claus quien sacó una espada como la que ella tenía. Veía al mago observar la espada y a Mathew una y otra vez con intriga y luego observó que los ojos de varios soldados volvían a aclararse. La trampa estaba acabando y dejándose descubrir. El efecto de la poción de Caleb había acabado. El rostro de Claus se desfiguró alzando la espada en contra de Mathew. Tamish y Wendel comenzaron a luchar intentando defender a Mat, pero el gelehrt con un movimiento de manos los lanzó a la pared dejándolos atrapados como si un imán los mantuviera agarrados del cuello contra la misma. Sabrina vio a Mathew abrir sus ojos en pavor y vio reflejados en ellos la cara del mago con sus ojos cubiertos de un manto negro abalanzándose hacia él con la espada.

—¡Sabrina! ¿Qué estás viendo? Debes destruirla o el ejército no podrá entrar.

—¡Mathew! ¡NO! —gritó destruyendo el orbe con la espada. Un

brillo comenzó a rodearla y la determinación de luchar se hizo visible nuevamente en sus ojos con dureza—. Tenemos que detener al Caos y salvar a los nuestros —ambos salieron corriendo del salón en dirección al recinto norte.

En su camino Body derribaba a cuanto soldado se les atravesaba, Se iban convirtiendo en cenizas uno a uno hasta que uno de los que le atacó cayó herido por el espadazo del sieger. Sabrina se detuvo.

—¿Qué haces?

—Aún le queda alma. Suplica en su ser. Tengo que intentarlo — Sabrina se arrodilló y con su mano pudo despertar al poseído con tan solo tocarlo.

—¡Su alteza! dijo el soldado gelehrt sorprendido al verse frente al Fénix.

—Ayúdanos —ordenó Sabrina y continuaron corriendo en dirección al recinto Norte.

Mathew y Ériniel corrían con Tamioh y Wendel por los pasillos perseguidos por algunos soldados poseídos. Se toparon a mitad de camino con Sabrina y Body. La guerra ya había comenzado y el ruido de la batalla se oía por todo el lugar.

—¡Mathew! ¿Estás bien? —gritó Sabrina al toparse con ellos en los pasillos exteriores del castillo.

—Sí, y eso le costó la vida a Owen.

—Juramos protegerlos y eso hicimos, el Creador ahora tiene su alma en paz —dijo Ériniel colocando la mano en el hombro de Mathew.

Body alzó la vista y vio que saliendo del recinto norte Claus iba a paso ligero con la espada resonando en su mano. La mirada era de pura maldad y absorbía la energía de los que le acompañaban hasta hacerse cenizas o caer rendidos al suelo. Body temió por ella. Ese mago aumentaba en tamaño con cada vida que absorbía. Sin reparos tomó a Sabrina en brazos y abrió sus alas para levantar vuelo.

—¿Qué haces?

—Has agotado fuerzas salvando a varios soldados y Claus está fortaleciéndose. Necesitas del poder de curación de los príncipes para poder enfrentarlo. Ahora esto es un riesgo.

—Boadmyel tiene razón. Vámonos, nuestra misión aquí está cumplida –dijo Tamish agarrando a Mathew por la camisa y colocándose en el borde de la muralla también.

—¿Y ellos? —gritó Mathew al ver de reojo a Ériniel y Wendel colocarse en medio del pasillo exterior con espadas en sus manos haciendo frente a la comitiva oscura de Claus que se acercaba.

—Saben cuál es su misión —culminó diciendo Tamish lanzándose por el borde.

El castillo estaba en lo más alto de la montaña más alta en el centro de Égoreo y los bordes de los pasillos exteriores eran los que rodeaban las murallas en una altura impresionante. Tamish se convirtió en dragón en plena caída agarrando a Mathew con sus garras.

—Lleva al Fénix con los príncipes —dijo Tamish a Body, quien afirmó con su cabeza y se lanzó en picada en dirección a tierra.

Otro dragón se acercó a Tamish con Amy en la espalda. Tamish colocó a Mathew detrás de Amy quien hizo aparecer una espada entregándosela tan pronto el dragón lo colocó a su espalda.

—Como entrenaste, ya sabes reconocer a un poseído sin alma. No tengas miedo.

—Sí ya sé, el miedo paraliza y no seré su presa.

—¡Vamos! —Amy hizo aparecer en Mathew su armadura y ambos se lanzaron del dragón cayendo en plena batalla en tierra.

Body llegó con el Fénix en brazos ante la comitiva real quienes esperaban por ella para luchar a su lado. Sabrina tocó tierra e hizo aparecer su espada pero tan pronto apareció fue como si hubiera absorbido parte de su energía.

—¿Se encuentra bien milady? —preguntó Harald acercándose preocupado.

—Ha gastado energía desde que traspasó el campo de fuerza y logró destruirlo. Necesitan ayudarla, recuerden que no esta acostumbrada a utilizar toda su magia como nosotros y tiene que recargar fuerzas –explicó Body.

—Entendido.

Andrew sacó de su cinturón una pequeña bolsa y se la lanzó a Harald.

—Dale esto a masticar. Hará que recupere algo de fuerzas mientras la ayudas con tu magia.

Todos rodeaban a Sabrina mientras Harald le daba las hojas a masticar y con su báculo comenzaba a transferirle energía. Andrew tenía su arco y flechas en posición. Einar empuñaba dos espadas, pero estaba dispuesto a convertirse en dragón de ser necesario y Elizael llevaba una lanza espada. En lo alto del castillo Claus observaba la guerra encarnecida que se suscitaba en todo los alrededores. Observaba por todos lados con atención buscando algo.

—El Fénix tiene que estar entre ellos. Si no, la espada no hubiera resonado. Cuando te encuentre, habrás deseado nunca regresar.

9

LA GUERRA POR ÉGOREO

*B*ajo un cielo color carmesí una guerra se libraba fuertemente en Égoreo. El Fénix acompañada de su guardián y de sus príncipes se abrían paso en medio del campo de batalla, sanando todo aquel que aún le quedaba alma. Claus desde lo alto del castillo sentía que el Caos perdía fuerza. Algo estaba pasando, el Fénix le estaba robando terreno y tenía que saber dónde estaba para detenerlo.

—Estás agotada, necesitas detenerte. Olvida de sanar…

—¡NO! Tengo que hacerlo, si no lo hago terminarán perdiendo su alma. No puedo permitirlo mi pueblo me necesita —gritó Sabrina interrumpiendo a Body.

Claus divisó el lugar donde se encontraban los príncipes luchando. Observó con detenimiento cada movimiento de ellos. Estaban protegiendo a alguien, una joven que él no conocía. Esa joven de mechones rosa tenía un parecido con el antiguo rey.

—¡Te encontré!

En el campo de batalla los poseídos centraron su atención en llegar hasta el Fénix. Rubí al lado de Tamish luchaba contra varios y se sorprendieron al ver a sus adversarios alejarse y correr en dirección hacia donde estaban los príncipes y Sabrina.

—¡Caleb van a atacarla! —gritó Rubí dando el aviso a los más cercanos.

Sabrina estaba fatigada. Había perdido fuerzas sanando a todo con el que luchaba y tenía alma. Un frío recorrió su espina y cayó en un trance viendo todo como si fuera cámara lenta, era como si su pesadilla se repitiera una vez más. Vio a lo lejos a la madre de Sarah ser herida y a Rubí correr a socorrerla mientras que a su espalda se acercaba un dragón oscuro. Otro dragón llegó volando mordiendo y haciendo polvo al dragón que intentaba atacar a Rubí y a Minerva.

—¿Te encuentras bien? —preguntó el dragón convirtiéndose en Tamish.

Rubí señaló hacia Sabrina y Tamish comenzó a correr en dirección hacia su hermana cuando un sieger poseído le atravesó el brazo con una lanza. Rubí no podía hacer nada ya que no tenía magia. Aún desde lejos Sabrina podía divisar la frustración de impotencia en su rostro. Todas las almas oscuras habían abandonado la batalla para atacarla y todo su pueblo la estaba protegiendo. ¡Qué ironía! se supone que es el Fénix quien proteja a todos, pero era el pueblo quien protegía a su reina. Veía a los príncipes batallar contra miembros de sus propios clanes; a Amy y Mathew espalda con espalda casi sin aliento. Entre medio de todo el desorden y la confusión Sabrina divisó una figura que iba acercándose. Observó también que en sus manos llevaba una espada y la misma iba absorbiendo los cuerpos y las almas de aquellos que se encontraban a su paso haciéndolo crecer en tamaño. Despertó de su trance entendiendo que ese era la personificación del Caos. Sintió desde su interior el rugido de un volcán a punto de estallar que la hizo gritar "¡BASTA!". De su cuerpo salió una onda de choque que detuvo el tiempo por completo dejando todo en silencio e inmóvil por unos segundos, excepto por Claus. La personificación del Caos al darse cuenta de lo que el Fénix había hecho tomó por el cuello a un sieger y le absorbió la vida hasta hacerlo cenizas esbozando una sonrisa de pura maldad mientras lo hacia. Sabrina invocó al viento para que la llevara hacia él y que no siguiera llevándose más almas. En ese instante el tiempo tomó su curso nuevamente. Body sintió que Sabrina no estaba a su lado y al buscarla se dio cuenta que se elevó alejándose del lugar y se dispuso a seguirla, pero un sieger oscuro lo detuvo comenzando a luchar contra él. Ese sieger era su padre.

Sabrina levantó su espada atacando al ser oscuro. Claus detuvo el ataque con una fuerza sinigual.

—Con que tú eres el hijo bastardo de Nathaniel —dijo Claus esbozando una tenebrosa sonrisa.

—Te doy una oportunidad para que despiertes del error del cual has caído —respondió Sabrina.

Claus comenzó a reír con cierto aire de demencia, pero la voz que salía de su risa ni siquiera parecía de un ser vivo.

—Claus nunca se arrepintió de las decisiones que tomó, por eso fue fácil devorar su alma —dijo el Caos a través de los labios del mago—. Nathaniel fue un tonto en no encararlo y condenarlo a tiempo.

—Nathaniel amaba a Claus, por eso deseaba que pudiera arrepentirse y salvar su alma. Y si aún estas ahí Claus…

Aquella risa se tornó más tenebrosa.

—Ya Claus no está aquí. Luego de haber violado la ley más sagrada de Égoreo matando a Nathaniel me entregó su alma por completo.

—No despertarás el odio en mí, porque aprendí que todo sucede por una razón —respondió Sabrina defendiéndose del ataque del Caos.

—Eres una niña insignificante que ni siquiera sabe el peso de sus palabras, por eso ¡Égoreo será mío! —gritó lanzando otro ataque con tal fuerza que Sabrina salió disparada del lugar.

Harald logró alcanzarla pero no pudo detener el impacto de la fuerza con que venía y fueron arrastrados hasta llegar cerca de donde Body estaba luchando con su padre. El Caos se dirigía a arremeter contra Sabrina, pero Caleb se interpuso en el medio. Harald tomó a Sabrina por los brazos preocupado.

—Milady está débil tenemos que sacarla de aquí.

Sabrina no respondió porque dirigió su mirada detrás de él donde Body luchaba contra su padre. Podía escuchar la voz de

Body en su interior "No puedo destruirte, tú alma sigue allí dentro. Despierta padre soy tu hijo Boadmyel". Sabrina podía sentir el dolor y el desespero en su guardián al ver el estado de su padre y entonces tomó una decisión. Harald la sacudió por los hombros alzando la voz:

—¿Me estás escuchando? ¡Sabrina!

Sabrina miró a los ojos azules de Harald y le dijo con determinación.

—Este es mi deber —empujó a Harald y corrió hacia la espalda del padre de Body abrazándolo por el cuello.

Body se sorprendió al ver al Fénix agarrando a su padre quien cayó de rodillas al suelo gritando. Sabrina se aferró aún más absorbiendo y disolviendo la parte del Caos que lo había poseído. El padre de Body había vuelto a la normalidad y Sabrina soltó el abrazo cayendo a los brazos de Harald. Body corrió hasta donde ellos y mirando a Harald le dijo "¡Hay que sacarla de aquí!" Harald afirmó con su cabeza y comenzó a transmitir el mensaje telepáticamente a Einar que llegó en su forma de dragón. Colocaron a Sabrina en su lomo y este miró a Body diciéndole.

—Tú eres su guardián ve con ella —dijo el dragón de escamas rojas.

—Es cierto, protégela —dijo Harald acariciando la mejilla de Sabrina para luego dirigirse al campo de batalla con el padre de Body quien había sido liberado del trance del Caos.

En medio del vuelo Sabrina recobró la conciencia y vio que el Caos en el cuerpo de Claus hirió a Caleb lanzándolo por los aires. Sabrina le suplicó a Body que lo socorriera y Body se lanzó del dragón para salvar a Caleb. El Caos observó al Fénix sobre el lomo del dragón y como un rayo llegó frente a ellos hiriendo de un zarpazo a Einar en su pecho. La electricidad que recorrió su cuerpo lo dejó sin fuerzas y comenzó a caer en picada hacia el suelo.

—¡Einar despierta por favor! —gritó Sabrina.

Einar recobró conciencia y justo antes de chocar se volteó cubriendo con su cuerpo a Sabrina para protegerla de la caída, pero cuando tocaron tierra ella salió expulsada rodando por el suelo. El Caos apareció frente a Einar con la intención de rematarlo. Sabrina se incorporó sobre sus pies aturdida por el impacto y vio al Caos frente a Einar creando en su mano una esfera de energía negra.

—Te atreviste a ir en mi contra príncipe mächtig.

—Tú nunca fuiste ni serás soberano en esta tierra —dijo el dragón con un hilo de sangre bajando por su mandíbula.

—¡NO! —gritó Sabrina.

El Caos observó al Fénix y vio la vulnerabilidad en el temor por su pueblo. El pasado no la atormentaría, pero sí el presente. El sufrir de su pueblo y el ver morir a sus amigos eso sí la debilitaba, ese era su punto débil. Así que la observó esbozando una sonrisa malvada y se volteó para matar al príncipe. El deseo de poder protegerlo la envolvió en una energía que la trasladó como una centella interponiéndose entre el Caos y el dragón. La esfera negra de energía oscura chocó con Sabrina quien estaba jadeando casi sin fuerzas. Sentía en su cuerpo que sus extremidades iban perdiendo sensación, inmovilizándose como si cayera en un limbo donde su cuerpo no le respondía. «Esto no puede terminar así. Creador, no quiero ver morir a mi pueblo. ¡Te necesitamos, yo te necesito!». El pensamiento llegó al corazón del guardián quien sintió un dolor profundo de impotencia. Luego sintió lentamente como se apagaba su luz, hasta quedar todo en un profundo silencio. Era como si su alma hubiera entrado a un vacío, sin luz, sin vida, sin ella. Observó en todas direcciones con la esperanza de verla, repitiéndose a sí mismo que ese sentimiento no era real, que el Caos de alguna manera lo estaba engañando. No, no podía perder la esperanza, ella es el Fénix, es… Sabrina, la mujer a quien amaba, por quien estaba dispuesto a dar su vida. No podía ni tan siquiera pensar que su luz se hubiese desvanecido. El rugido desgarrador de un dragón llamó su atención. Conocía ese rugido, era el del príncipe mächtig. Dirigió su mirada a la procedencia del mismo y ahí pudo ver lo que no quería. El Caos estaba frente a ella, convertida en piedra. Vio que el dragón trataba de incorporarse inútilmente y el Caos lo lanzó cayendo lejos sobre las bestias caídas en batalla.

La caída fue una muy dura. Einar podía sentir los huesos de las bestias chocar con su cuerpo causándole dolor. No podía transformarse, ni siquiera moverse, sin embargo aún estaba consciente. El dolor de sus heridas no se asemejaba ni en una milésima al dolor que sentía en haberla perdido. Por su mente regresaron como en secuencia cronológica las imágenes de los momentos vividos a su lado. Cuando era una niña y la hacía reír hasta que retomó su hermandad con ella al conocerla como toda una mujer. Quería poder transportarse hasta allí y cubrirla, proteger lo que quedaba de ella de ese malvado ser de las tinieblas. Entonces vio a Claus alzar la espada con una sonrisa de victoria en sus labios y la intención en su mirada de exterminarla. Cuando comenzó su estocada final el guardián se interpuso entre medio de la espada y el Caos. El hierro atravesó su pecho llegando y atravesando a su vez al Fénix convertido en piedra. Las lágrimas cubrieron los ojos de Einar quien impotente ante la escena solo pudo emitir un rugido poderoso desde el fondo de su pecho. El sonido desgarrador retumbó en todo el campo de batalla que quedó paralizado como si se hubiese lanzado un hechizo. Solo dos segundos de silencio e incredulidad para luego volverse eco en la garganta de todos los dragones y clanes de Égoreo. El sollozo y el llanto desgarrador arroparon cada rincón como un lamento al sentir que sus esperanzas se desvanecían como las cenizas llevadas por el viento.

Andrew cayó de rodillas al sentir la luz de sus esperanzas desvanecerse. La mujer por quien juró entregar la vida y corazón ahora era una estatua de piedra en medio de un campo lleno de sangre y cuerpos. La incredulidad lo enloqueció y se lanzó con espada en mano seguido de tres soldados de su clan contra la personificación del Caos quien con tan solo un movimiento de manos los lanzó por los aires como si fueran hojas secas.

Harald quedó petrificado de rodillas sin poder entender cómo había sucedido esto. Mathew estaba igualmente petrificado como Harald. Sus ojos se cubrieron de lágrimas al ver a su amiga del alma perder la batalla. ¿Para eso habían sufrido tanto? ¿Para eso habían viajado a ese mundo, para perderla? Cerró los puños con fiereza y en su mano derecha empuñaba una espada. Estaba determinado en correr y hacer algo por destruir a ese mago, pero vio a Amy salir corriendo con la determinación de acabar a Claus. Vio como Andrew y varios elfos se lanzaron a atacarlo y eran lanzados como si no pesaran nada. Él era sumamente poderoso. La detuvo justo cuando el mago oscuro le lanzó un hechizo y protegiéndola la cubrió con su cuerpo. En cuestión de segundos Mathew cayó de rodillas y comenzó a convulsar en el suelo mostrando cómo un veneno oscuro recorría sus venas. Rubí se desmayó de la impresión en brazos de Tamish quien aún herido de su brazo gritaba el nombre de su hermana. Esa pequeña chica de mechones rosa que resultó ser su querida hermana menor, a quien le hacía travesuras de niña, con quien corría por el bosque y jugaba a las escondidas. Esa pequeña que se aferraba a su brazo cuando tenía miedo y esa mujer que lo enfrentaba cuando era irrespetuoso con su madre. Ella, la que jamás hubiera pensado que fuera el Fénix, a quien no pudo proteger, a quien le había fallado. Sentía morirse lentamente como si el peso de su tristeza lo enterrara en la tierra lodosa.

Ériniel y Wendel habían llegado al lugar en medio de los lamentos. No podían creer lo que presenciaban. El Fénix y el guardián convertidos en piedra atravesados por la espada de Nathaniel.

—Esto no es lo que se supone que pasaría —dijo Wendel con la mirada ausente.

—¡Estamos perdidos! —exclamó Ériniel cayendo de rodillas al suelo.

Elizael se lanzó en picada desde el aire cuando vio al mago oscuro atacar a Sabrina, pero no llegó a tiempo. Un dragón poseído lo había interceptado. Cuando pudo librarse de su atacante tras el rugido de Einar solo vio entre las cenizas a su hermano volar e interponerse entre la espada y el Fénix. Perdió las fuerzas en pleno vuelo dejando caer su lanza espada y vio lentamente como uno a uno sus amigos se lanzaban contra el Caos para caer rendidos o muertos en el intento. Quiso recuperar su lanza y volar contra él también. Si tenía que morir, al menos lo haría honrando la memoria de su hermano. Cuando tomó la lanza en sus manos sintió una fuerte quemazón en el brazo y vio sorprendido como su marca de espiral iba desapareciendo.

—Su Creador los ha abandonado. El Fénix ha caído. Ahora

ustedes se postrarán ante mí —la voz del Caos retumbaba siniestramente en todo el campo.

Todos los clanes se levantaron con la frente en alto antes de arrodillarse como el Caos esperaba. Los dragones rugían y la grita del pueblo era solo una: "JAMAS NOS POSTRAREMOS ANTE EL CAOS". Ante la temeridad del pueblo el Caos tomó la empuñadura de la espada enterrada, pero al tocarla algo lo repelió lanzando su mano hacia atrás. La espada de Nathaniel comenzó a pulsar no solo una sino dos, tres, cuatro veces. Era la sincronía de un corazón latiendo. Pulsaciones que causaban ondas de energía que alcanzaban todo el campo. El pueblo sentía la presencia del Fénix y no estaban dispuestos a rendirse. Comenzó a oírse exclamaciones de entre la multitud.

—¡El Fénix!

—¡El Fénix está vivo!

—¡El Creador nunca nos ha abandonado y puedo sentirlo!

Los poseídos comenzaron a desvanecerse pues el Caos los estaba absorbiendo haciéndose más grande y oscureciéndose. La estatua en la que habían quedado convertidos Body y Sabrina comenzó a agrietarse dejando ver un brillo de color rojo intenso. Un eco salió del resonar de la espada "Cuando todo se haya consumido por el fuego, de las cenizas renacerá la esperanza". De repente una explosión se presenció desapareciendo las estatuas en un torbellino de viento, fuego y cenizas. En lo alto del cielo una luz potente como si fuera un nuevo sol alumbró todo el campo de batalla. El torbellino se desvaneció revelando la forma del legendario Fénix. De sus poderosas alas de fuego salían rayos que lanzaba contra el Caos. Convirtiendo esto en una pelea sin cuartel. El ave de fuego lanzaba llamaradas y entre aletazos y picotazos rodeaba al Caos envolviéndolo en un torbellino de fuego. El Caos se libró y lanzó un rayo negro cargado de sentimientos de dolor y desesperanza desestabilizando al Fénix haciéndolo retroceder hasta casi caer al suelo.

—¡Tú deberías estar muerta! —gritó el Caos.

—¡Acepta la derrota! Mientras no aceptes que…

—¡JAMÁS! Siempre estaré presente cada vez que la duda roce

sus mentes, que sientan el deseo de venganza, que sientan miedo, codicia, celos y envidia. Así serán consumidos como se consumió Claus.

El Caos propinó otro golpe al Fénix que lo arrojó contra las montañas. El ave legendaria se levantó y extendió sus majestuosas alas como dos llamaradas que alumbraron todo Égoreo.

—Mientras mi pueblo se mantenga unido y seamos uno, nunca nos derrotarás. El amor siempre vencerá al odio y la luz siempre vencerá las tinieblas.

El Fénix se lanzó como centella contra el Caos que observaba a su alrededor. Dentro de aquel campo de cuerpos muertos y sobrevivientes que aún seguían luchando, se notaba un aura de amor y esperanza. Seguían erguidos con sus frentes en alto vibrando al unísono con el Fénix. Sintió una llama cálida que lo envolvió y cuando volvió a mirar al Fénix gritó:

—¡Jamás se libraran de mí!

El Fénix lanzó otra llamarada de fuego que lo terminó de envolver haciendo que se desintegrara por completo. El cielo ya no estaba color carmesí, ahora resplandecía con nubes que destellaban brillo en tonos dorados de un hermoso atardecer. La forma del Fénix fue desvaneciéndose hasta dejar ver la figura de una mujer y un hombre que descendían hasta tocar el suelo. Ante la potente presencia de aquellos seres Harald y Elizael quienes estaban frente a ellos se inclinaron sobre una rodilla y tras ellos continuó todo el pueblo. El resplandor fue disminuyendo hasta dejar ver a quienes habían vencido al Caos. La mujer llevaba una melena dorada hasta sus puntas donde destellaba un intenso color fuego, su piel estaba cubierta de runas las cuales brillaban al contacto de la luz dándoles un matiz singular, como lava plateada que recorría su cuerpo. Llevaba una armadura dorada cubriendo sus piernas y torso hasta su espalda de donde salían unas enormes alas de fuego. En sus manos llevaba dos espadas, la del rey Nathaniel y la que Wendel, Einar y Tamish habían forjado. Su rostro mostraba madurez dentro de sus rasgos juveniles y sus ojos color esmeralda brillaban como la esperanza del pueblo. El varón igualmente llevaba runas plateadas por su piel.

Lo vestía una armadura dorada que dejaba al descubierto sus enormes alas blancas. Su cabello rubio castaño pasaba de los hombros y sus ojos color índigo reflejaban la serenidad del cielo. En su brazo brillaba la marca del espiral, característica del clan sieger.

De entre la multitud se escuchó la voz de Alger, el padre de Elizael y Boadmyel, quien se habría paso.

—¿¡Boadmyel!?

—¿¡Sabrina!? —dijo sorprendido Harald al alzar la vista y toparse con los ojos verdes de aquella mujer.

Elizael observaba sonriente a su hermano quien le devolvió la sonrisa al este mostrarle su brazo libre de la marca. Sabrina y Body estaban frente al pueblo de Égoreo.

—¡Somos libres del Caos!, pero solo por ahora. Cuando se negaron a postrarse y rendirse ante él, demostraron que es la fuerza de voluntad a luchar por lo correcto lo que nos une. Cuando decidieron combatir el mal y la oscuridad con valor y dignidad, su luz resplandeció y llegó hasta nosotros. Su amor, esperanza y lealtad rompieron la maldición. Mientras tenga aliento de vida, juro defender y amar a mi pueblo. Mientras no dejemos entrar al Caos en nuestro corazón, seremos libres y lucharemos juntos por esa libertad —dijo Sabrina tomando la mano de Body quien estaba a su lado.

La grita del pueblo retumbó en todo Égoreo. Rubí se abrió paso corriendo entre la multitud y se fundió en un abrazo con su hija. Tamish llegó aún estando herido y frente a ella no pudo contener las lágrimas que corrían por sus mejillas sin parar. Pasó su mano tras el cuello del Fénix y la haló hasta abrazarla fuertemente.

—¿Están todos a salvo? —preguntó Sabrina al romper el abrazo familiar.

—Mathew y Einar son los que están en peor estado —dijo Tamish llevando a Sabrina donde estaba Mathew.

Sabrina vio el brazo de su hermano y con ternura lo tocó sanándolo mientras él la guiaba hasta donde estaba Amy con Mathew recostado sobre sus piernas. Tamish la observó y le sonrió al ver cómo su brazo sanaba ante el toque del Fénix.

—He intentado todo, pero no logro hacer nada —lloraba Amy mientras veía el veneno que seguía corriendo por sus venas.

—No te preocupes, déjalo en nuestras manos —dijo Sabrina con una voz madura y serena.

Body colocó su mano en el hombro de Sabrina y ambos se concentraron logrando disipar el veneno con su magia. La piel de Mathew estaba aclarando y las venas oscuras que recorrían su cuello estaban desapareciendo. Abrió los ojos y sonrió al ver a su mejor amiga.

—Buena batalla Batman.

—¿Cómo te sientes?

—Como si me hubiera aplastado un camión pero por lo demás bien.

—Me alegra escuchar tu sarcasmo. Estarás muy bien dentro de poco —dijo Sabrina sonriendo mientras Amy lo abrazaba.

—Sabrina, Einar los necesita —dijo Tamish.

Sabrina se levantó y junto a Body se dirigieron hacia donde el príncipe mächtig yacía en forma de dragón en el suelo. Estaba muy mal herido, pero al ver a Sabrina una sonrisa se dibujó en su rostro de dragón y lágrimas corrieron por sus mejillas. Un quejido salió de su garganta cuando Sabrina se arrodilló a su lado y tocó la herida de su pecho.

—Mi hermano, gracias por protegerme.

El dragón dio un leve rugido y Sabrina se allegó hasta su cabeza donde tomó con las manos su rostro juntándolo con la frente de ella. Una luz tenue cubrió el cuerpo del dragón quien fue convirtiéndose a su forma humana y entonces abrazó a Sabrina derramando su alma en lágrimas.

Sabrina y Boadmyel seguían recorriendo el campo de batalla sanando a los heridos con la ayuda de los magos y curanderos de los clanes. Ériniel y Andrew se acercaron a Sabrina.

—Mi querida princesa... digo mi reina —dijo Andrew colocándose en una rodilla.

—¡Andrew! Me alegra verte sano.

—Una pequeña herida —mostrando su brazo vendado—, pero

nada de qué preocuparse. Su majestad sobresalta dentro de todo Égoreo. Hoy nuestro pueblo puede volver a la libertad.

—Mientras no dejemos un espacio al Caos no habrá nada que temer —dijo Body.

—Así será —contestó Andrew cuando Ériniel le dijo:

—Señor las hadas le necesitan.

Al Sabrina y Body continuar su camino se toparon con Harald quien al verlos se inclinó sobre una rodilla con la mano en el pecho.

—Su majestad.

Sabrina se inclinó y lo levantó. Harald se quedó perdido en los ojos de la Fénix y no pudo controlar el impulso abrazándola fuertemente.

—Gracias al Creador estas con vida —dijo en un suspiro casi opacado por el llanto.

Al romper el abrazo hizo una reverencia para luego voltearse hacia Body quien lo esperaba con la mano extendida.

—Solo espero poder contar contigo como uno de los shützend reales. No le confiaría la vida del Fénix a nadie más que a ustedes.

—Será un honor servir con mi vida al Fénix y contar con su confianza.

Wendel se acercó a Sabrina visiblemente emocionado.

—No me cabe la menor duda que Nathaniel debe estar sonriendo en los cielos observando cómo has crecido.

—Gracias Wendel, sin tu ayuda no hubiera cumplido con mi destino. Espero contar contigo como mi padre así lo hizo.

—Siempre que necesite de mí estaré a su disposición, aunque solicito que le permita a este viejo gnomo volver a estar en mis tierras con mi familia.

—Así ha de ser.

"En los días subsiguientes recuperaron el castillo y comenzaron a poner el reino en orden. Las visitas a las tierras de los clanes eran obligatorias. Aunque la personificación del Caos había sido derrotada, lo cierto era que aún cuando buscáramos el orden, el Caos siempre lograba colarse y esca-

bullirse. Nunca se rendirá y nosotros tampoco. Hay un dicho en la Tierra que dice «Yerba mala nunca muere» y en todo dicho y en toda leyenda, siempre hay algo de verdad. Hubo pequeñas batallas en las comarcas de las tierras del norte y del este. En el sur se rindieron fácilmente y gracias a Andrew los zauberer volvieron a la normalidad. Las tierras de los mächtig fueron las menos afectadas pues desde allí comenzaron los campamentos rebeldes al Caos. Los príncipes Harald, Einar y Elizael juraron lealtad como los shützend reales, sin embargo del clan del príncipe Andrew, fue su hermana Rose quien sirvió en su lugar. Andrew mandó con su hermana una carta a Sabrina:

Mi amada reina:

Las obligaciones con mis tierras me impiden poder cumplir con su deseo de servir a su lado. Sinceramente también era mi deseo poder hacerlo, pero serviré a Égoreo desde el lugar en donde estoy. Envié en mi lugar a mi hermana Rose quien servirá con lealtad. Nuevamente le pido disculpas y ruego por su comprensión.

Mi eterno amor
Andrew

Hoy es la celebración de la recuperación del castillo, la coronación de los reyes y mi fiesta de despedida. Jamás pensé que mi existencia conllevara una responsabilidad tan grande. Conocer al Fénix y ayudarla a resurgir ha sido el mejor regalo que pudo darme la vida. Sabrina no tan solo fue la salvación de un pueblo, si no mi salvación de la soledad. Si no la hubiese conocido, tal vez no hubiera podido tener la confianza de enfrentarme al mundo. Hubiera seguido escondido tras mi caparazón, huyendo de los fanfarrones abusadores por el resto de mi vida. Mi amada amiga me dio un propósito por el cual vivir. El Creador coloca en nuestro paso por el universo seres excepcionales que nos ayudan a trascender y crecer, nos ayudan a levantarnos de nuestras propias cenizas y renacer. A veces el paso de ellos por nuestra vida es duradero, otras veces es efímero, pero dejan huellas que duran toda nuestra existencia.

Así como Robin un día partió del lado de Batman para seguir su camino, hoy me toca a mí hacer lo mismo. Regresaré a la Tierra para cumplir la misión encomendada por el universo. Solo pido que el Creador me ayude a cumplirla y contar a mi descendencia la gran aventura al lado del Fénix al cual esperarán con fervor en mi lugar".

—¿Qué haces Mat? —preguntó Amy viéndolo escribir en un libro el cual hizo desaparecer al voltearse hacia ella.

—Solo escribo el comienzo de mi historia como guardián.

—Sabrina y Boadmyel nos esperan.

—¡Boadmyel! Jamás me acostumbraré a ese nombre. Si no fuera por la posición que tiene ahora lo hubiera molestado con eso por mucho rato.

—No sé si sentirme enternecida con eso. Se nota que le tomaste mucho cariño.

—Es mi primo alemán después de todo —dijo riendo y acompañando a Amy hacia el salón real.

Allí se encontraba toda la guardia real, Caleb y Rubí acompañados de Minerva, Alger y Ériniel. Amy entró al salón escoltando a Mathew. Sabrina que se encontraba sentada en el trono se levantó con lágrimas en sus ojos al caminar hacia él.

—Hola Robin.

—Hola Batman.

—Por favor cuida de Clara y Sam, que mis tíos no se sientan solos.

—Ten eso por seguro.

—Y cuida a mi hermana por mí —dijo Sabrina sorprendiendo a Amy y Mathew.

—¿De qué habla su alteza? —preguntó Amy en incredulidad.

—Por favor, no esperarás que te quedes aquí lamentándote y preguntándote cómo hubiera sido tu vida al lado de Mathew.

—¡¿Qué?! —se le escapó en un grito mientras se sonrojaba ante la risa de los presentes.

—Te liberamos del compromiso de ser una shützend —dijo Body colocándose al lado de Sabrina.

—Pero...pero...

—Tienes derecho a buscar tu felicidad. Y necesito que ayudes al guardián de la Tierra. Tú debes ser su shützend. Ve y protege a las personas que amamos. Cuida de la tía Clara y el tío Sam. Ellos nunca pudieron tener hijos. Yo no puedo volver a su lado, pero tú sí —dijo Sabrina dándole un fuerte abrazo. Amy luego de dudar devolvió el abrazo con el mismo fervor derramando lágrimas por sus mejillas.

—Juro que los protegeré —dijo al separarse de Sabrina.

—Sé qué harás un buen trabajo guardián de la Tierra —dijo Body extendiéndole la mano a Mathew quien la estrechó halándolo para darle un abrazo y una palmada tras sus alas.

Sabrina le indicó a Caleb que abriera el portal.

—Oye tödlich ¡no te irás sin despedirte de nosotros! ¿Verdad? —dijo Elizael acercándose a Mathew.

—Claro que no. Fue un gran honor conocerlos y haber peleado a su lado —dijo Mathew estrechándole la mano a Elizael.

—Para nosotros también ha sido un honor haberte conocido guardián de la Tierra —dijo Harald haciendo una pequeña reverencia.

—No te preocupes también te extrañaremos —dijo Einar colocando el brazo en el hombro de Harald.

—¿Podrías por favor salir de mi cabeza? —le pidió Mathew al mächtig.

Caleb se acercó y puso su mano en el hombro de Mathew.

—Tus antepasados estarán orgullosos de ti. En poco tiempo lograste mucho.

—Fue por la ayuda de usted señor. Muchas gracias.

Rubí y Tamish se acercaron para despedirse.

—Queremos darte las gracias por haber protegido a mi hermana durante todos estos años.

—Es cierto, dale también las gracias de nuestra parte a quienes fueron como padres para mi hija. Que el Creador los acompañe.

Mathew tomó la mano de Amy pero esta antes de seguirlo corrió hacia su padre para darle un abrazo.

—Esta vez sí es una despedida. Yo envejeceré más rápido que tú papá.

—¿Estas segura de lo que quieres hacer?

Amy sin despegarse de su padre miró hacia donde Mathew la esperaba y luego le respondió.

—Sí padre, lo amo.

—Pues no hay más que decir. Siempre estaré en tu corazón igual que tú en el mío y esto no es una despedida. Cuando ambos nos unamos en el universo nos volveremos a encontrar —dijo dándole un fuerte abrazo a su hija.

Al lado del portal Sabrina volvió a abrazar a ambos y luego entre lágrimas todos al fin dijeron adiós. Mathew y Amy traspasaron el portal tomados de mano desapareciendo así de la vista de todos. Cuando el portal cerró, Sabrina sintió un gran dolor en su corazón. Sabía y entendía que este momento tenía que llegar. Se repitió muchas veces en sus adentros que sería fuerte, pero no estaba preparada para sentirlo y comenzó a llorar refugiándose en los brazos de Body. Caleb indicó a todos los presentes que dejaran a los reyes a solas.

—Ven necesitas tomar aire fresco —dijo Body conduciéndola hacia el balcón.

Luego de un largo periodo de tiempo donde Sabrina pudo calmar su espíritu ante la partida de su mejor amigo y su hermana, soltó un suspiro potente quedando cautivada ante la escena que desde el balcón se podía observar. El atardecer pintaba el cielo de colores rosados y anaranjados dejando ver a un extremo del cielo las dos lunas majestuosas que llenaban de misticismo el paisaje.

—Te sientes mejor ¿verdad? —dijo abrazándola por la espalda.

Sabrina colocó sus manos sobre los brazos de él acariciando las runas que adornaban su piel y la marca de espiral. Body se le acercó al oído y galantemente le susurró.

—Te amo

—¿Qué?

—Ya lo dije ¿quieres que lo demuestre?

—Yo...eeee

Body volvió a acercársele al oído y le dijo suavemente pero con un aire de picardía.

—Al fin no habrá nadie que rompa este lazo.

La volteó frente a él robándole un beso apasionado para luego cargarla en brazos y llevarla de vuelta dentro de su castillo.

En el patio interior, Einar se acercó a Rose sonriente mientras ella guardaba un semblante serio pero a su vez calmado.

—Hola princesa —dijo Einar galantemente—. Así que es usted la hermana de Andrew.

—Sí.

—Buena elección en enviarla princesa. Así será menos monótono el ser un shützend.

—Ser un shützend es un gran honor. Mi hermano declinó la oferta con pesar en su corazón.

Rose dirigió su mirada hacia las tierras del sur donde se encontraba su hermano, el príncipe de los zauberer. Andrew observaba en dirección hacia el castillo, más allá de las montañas, mogotes y bosques que eran dominio de los zauberer.

—Lo siento mi reina, no puedo servirle sintiendo aún lo que siento por usted. Es difícil el haberla dejado ir —dijo con nostalgia mientras un sirviente le entregaba en una bandeja unas raíces que éste comenzó a masticar mirando hacia el horizonte.

Nueve años después en el mundo de Égoreo

Body se encontraba en el patio interior del castillo recibiendo un informe de Arael.

—Buen trabajo Arael.

—Han disminuido grandemente la resistencia del Caos en las comarcas. Pequeños disturbios aquí y allá, pero nada que no podamos controlar.

—¿Han sabido algo del príncipe?

—No su majestad.

—Le daré el último informe. Puedes retirarte.

Sentada en el trono Sabrina atendía las inquietudes del pueblo.

Harald y Elizael condujeron al último ciudadano fuera del salón tan pronto fue atendido. Body entró con Einar tras él.

—¿Hay noticias? —preguntó Sabrina tan pronto lo vio llegar.

—No, aún no —dijo Body sentándose a su lado.

En ese momento Rose entró a dar una noticia.

—Su majestad, lamento interrumpir, pero esta noticia es meritoria.

—¿Qué sucede? —preguntó Sabrina.

—Se ha abierto un portal trayendo a un viajero que solicita hablar con los reyes de Égoreo.

—¿Un viajero? ¿Dónde está?

—Viene escoltado por Ériniel y varios soldados. Arael lo recibió en el castillo.

Sabrina miró a sus guardianes quienes se colocaron a ambos extremos de los tronos.

—Háganlo pasar —ordenó la reina.

Rose se dirigió a dar la noticia. Arael, Ériniel y varios soldados traían escoltado a un hombre el cual vestía una túnica marrón y su cabeza la cubría una capucha. Tan pronto se vio frente a los reyes se inclinó sobre una rodilla.

—Su majestad, vengo con una encomienda importante desde mi mundo.

—Primero, descúbrete por favor —solicitó el rey.

Aquel hombre retiró su capucha descubriéndose. Su rostro ya tenía marcas de edad, se podría decir que tendría unos cincuenta años bien aprovechados. Su cabello negro estaba adornado de varias canas en especial en sus patillas que le daban un aire sofisticado y de madurez. Llevaba una barba recortada a su mentón, con canas también. Sus ojos eran azul zafiro y su sonrisa se mostró resplandeciente al descubrirse ante los reyes. Tenían los ojos abiertos en sorpresa ante la revelación de aquel varón y solo una palabra salió de sus labios al unísono.

—¿!Mathew!?

¿FIN?

GLOSARIO

1. Unverschämt - Imprudente.
2. Tödlich - Mortal.
3. Mächtig - Clan de los Dragones.
4. Gelehrt - Clan de los Sabios.
5. Sieger - Clan de los Guerreros.
6. Zauberer - Clan de los Elementales.
7. Shützend - Protectores de la Familia Real.
8. jiu jitsu - Arte marcial Japonés.
9. Mandrágora - Una especie de planta medicinal

Muchas palabras de las que se presentan aquí son de origen alemán.

Made in the USA
Middletown, DE
29 September 2021

49318931R00109